ハヤカワ文庫JA
〈JA1592〉

リライト

〔映画ノベライズ〕

乙野四方字

原作:法条 遥　脚本:上田 誠

早川書房
9158

目次

リライト
〔映画ノベライズ〕

プロローグ

二〇一九年　七月二一日　リライト後

ついに、この日が来た。

時間のループが完成する日。

私は待っていた。一〇年前の私を。


窓から吹き込んできた七月の風が、一〇年前に買った赤い風鈴をちりんと鳴らしながら、私の記憶を撫でた。

広島、尾道。実家の私の部屋においてある電子カレンダーの日付を見る。二〇一九年、七月二一日。もう何度も何度も確認したその日付。

時刻は……正直、細かくは覚えていない。確か午後四時くらいだったはずだけど。あのときはそれどころじゃなかった。だから念のため、今日は正午からずっとこの部屋で待機していた。部屋の真ん中に置いた椅子、そこが定位置だ。

もうすぐここに、一〇年前の私がやってくる。まだ旧姓だった、女子高生の私が。

不安、心配、焦燥、無力感……そんなもので胸をいっぱいにして、あの人——保彦を助けるために自分に何かできることはないかと考え、たった一つだけ思いついた方法を実行して。

一〇年前の私は、一〇年後の私——つまり、今の私に会うために、時を翔けた。

だから私は、ここで待っている。もうすぐやってくる、一〇年前の私に会うために。

私がやるべきことは、二つある。

まずは一〇年前の私に、大丈夫、心配ないと言ってあげること。

そして、もう一つは。

手に持った、宝物のように大切な本の表紙をそっと撫でる。

もうすぐ出版される、私の五冊目の小説。その著者見本。

タイトルは、『少女は時を翔けた』。

この本を、一〇年前の私に見せて、書いてもらうことだ。

一〇年前。私は一〇年後の今日にタイムリープし、そこにいた私にこの本を見せられ、こう言われた。

「あなたが書く小説。絶対書ける。私に書けたんだから」

絶対に無理だと思った。あのときの私は、本を読むのは好きだったけど、自分で書くなんて考えたこともなかった。

だけど、あれから一〇年。

私は私に言われた通り、こうしてこの小説を書き上げた。

この小説は、絶対に、私が書く必要があった。私にしか書けなかった。

だから私は、今からここへ来る一〇年前の私にこの本を見せ、まったく同じことを言わなければならない。

時計を見る。午後四時を過ぎた。

もうすぐ、一〇年前の私が慌ててやってくる。

私は保彦の居場所を伝え、本を見せ、絶対書けると励ます。そして彼女は、小説を書くと決意し、時間のループは完成する。美しい円環。完全無欠の物語。

そしてついに、彼女が来た。

「美雪～、東京ばな奈食べる？」

……違った。お母さんだ。今日は部屋に入らないでって言ったのに。

「もう、ちょっと！　入ってこないでよ、仕事中！」

「あ、そうなの？　東京ばな奈……」

「いらない」

冷たく言ってお母さんを追い返す。まったくもう。こんなことをしている間に私が来たらどうしてくれるんだ。

……まぁ、お母さんのおかげで少し緊張が解けたかもしれない。気持ちを切り替えて再び定位置へ。軽く深呼吸。そして、私を待つ。

いつ来るんだろう。どんな顔をしてるんだろう。一〇年前の私は。

ゆっくりと時は過ぎ。

一〇分。

二〇分。

三〇分。

一時間。

二時間。

三時間――

○

来なかった。

いつまで待っても、私は来なかった。

すでに時刻は午後七時を迎え、夏の高い太陽さえも西の稜線に沈もうとしている。断言してもいい。一〇年前に私がここへ来たのは、こんなに遅い時間じゃなかった。もうとっくに来ているはずなのだ。なのに、どうして。

「……え？」

日付が間違ってた？　本当は今日じゃない？　ううん、そんなはずはない。この一〇年間、それだけは絶対に間違えないように何度も何度も確認した。二〇一九年、七月二一日。今日で間違いないはずだ。一〇年前の今日、私は一〇年後の私に会うために、確かに時を翔けたのだ。

だけど、現実。

私は来なかった。

それは、つまり。

12

「『過去』が……変わってる？」

第一章　始まる夏

二〇〇九年　七月一日　リライト前

その転校生は、あまりにも突然やってきた。

担任の細田先生が、いつもと違う言葉でホームルームを始める。

「えー、今日からみんなの仲間になる、転校生の……自己紹介」

「園田、保彦です。よろしくお願いします」

教室内にざわめきが広がる。

夏なのに長袖の、私たちとは違う制服を着た、どこか不思議な雰囲気の男の子。穏やかな表情だけど、なんとなく浮世離れしているような印象を受ける。

クラス中の視線を浴びながら、それをものともせず、園田くんは教室の後ろの方に用意された席にゆっくりと歩いていく。

「ちょいちょい、お前ら好きになったりするなよ⁉」

クラスのムードメーカー、室井大介がそう囃(はや)し立てる。まぁ、わからなくもない。隣の席の林鈴子が顔を寄せてきて、小声で言う。

「イケてるよね」

「……けっこう」

ついそう返してしまう。転校生が珍しいというのもあるが、確かに、うちのクラスの見飽きた男子たちにはない、謎の魅力が彼にはあった。

だけど、それだけ。もしかしたら中には一目惚れしてしまったような子もいるかもしれないけど、私は別にそんなことはなかった。ただクラスメイトが一人増えただけ。仲良くできたらいいな、と思う程度。そのときは本当にそれだけだった。

○

その二日後。

物語は、動き出した。

二〇〇九年　七月三日

朝のホームルームの後。

「美雪！」

教室を出てすぐ、後ろから声をかけられて振り向いた。

立っていたのは酒井茂。このクラスの中心人物と言ってもいい人気者だ。

「ん？」

「美雪、図書委員じゃん。これ、返しといてくんない？」

「ええ？」

でたでた。図書委員をやっていると、たまにこういうお願いをされることがある。だけど図書委員っていうのは、図書室に返却された本を元の書架に戻すのが仕事なのであって、貸し出された本を図書室まで運ぶのは仕事ではないのだ。

そのくらい自分で、と私が言おうとしたのを察したのか、茂はすかさず手を合わせて頭を下げてくる。

「お願い！」

「むぅ……」

ここで私が冷たく突き放せなかったのは、別に私が優しいからだとか、実は茂のことが好きだからとか、そういうわけではない。

なんというか、いいやつなのだ。茂は。

クラスの中心人物であるのには理由がある。茂は基本的に誰にでも分け隔てなく友好的に接するから、クラス内で一番友人が多い。さらには困っている人を放っておけないタイプらしく、誰かに何かを頼まれて、憎まれ口を叩きながらも結局は引き受けている姿をよく目にする。

そんな人からの頼まれごと、しかもこの程度のこと。断ったら私が悪者だ。

仕方なく私は茂から本を受け取り、図書室へと方向転換した。

○

この時間、図書室にはまだ誰もいない。

本の背が焼けることを防ぐため、図書室は基本的にカーテンが閉めっぱなしだ。加えて今は電気もつけていないため、薄暗い中に一人で入ることになる。図書委員ならおなじみのこの空間が、私は好きだった。

茂から受け取った本の分類番号を確認する。ジョー・ホールドマンの『終りなき戦い』。茂が海外SFを読むなんて、なんだか意外だ。そんなちょっと失礼なことを考えながら、本を書架に戻す。

そのとき。

図書室内に突然、一陣の風が巻き起こった。

私の髪、平積みにされた本のページ、クリーム色のカーテン。

窓が開いていたのだろうか？　風に揺れるそれらに順に目を向け、その先に音もなく立っていた人影に、私の視線はくぎ付けになる。

「園田、くん……？」

風の中心に立っていたのは、転校生の園田くんだった。

「参ったな」

突然現れた彼は、ゆっくりとした動きで首だけをこちらにむけ、口を開く。

「見なかったことには……できないよね」

どんな感情なのか、その静かな表情からは全く読めない。言っていることも、なんだかお芝居のセリフのように感じてしまう。

いや、それより。そんなことよりも。

「ど、どっから出てきたの？」

つい指をさしてしまう。園田くんの後ろの窓はやっぱり閉まっているし、ドアを開ける音も聞こえなかったし、近づいてくる足音もしなかった。この静まり返った図書室で、こんなに近づかれるまで気がつかないなんて、あり得ない。

ちょっとした恐怖さえ感じている私に、園田くんは再び口を開き、さらにわけのわからないことを言い出した。

「昨日から」

「……え？」

「家がなくてさ。昨日の放課後から、直接こっちに来た」

何を、言ってるんだろう、この人は。

まったく理解できず、何かを言うべきか、聞き返すべきかもわからず、ただ立ち尽くす私に、園田くんは近寄ってくる。

「ごめん。記憶、消させてもらうね」

そう言って園田くんが私に向けてきた手のひらには、なんだか見たこともない機械のようなものが貼りついていて、それがチカチカと光る。

「え⁉　ちょっと、ちょっと！」

　全然わからないけど、何かされようとしている。本能でそう悟った私は、思わず両手を顔の前に挙げてガードした。それに意味があったのかどうなのか、園田くんはふと動きを止めて手をおろし、ぽつりと呟く。

「……なるほど。そうなるのか」

　なんのこっちゃ？

　一人で勝手に納得した様子の園田くんは、不意に顔を上げてこちらを見た。その顔に浮かんだ無邪気な微笑みに、迂闊にも、どきっとしてしまう。

「前言撤回。美雪さん、だったよね。よかったら僕を案内してくれない？」

「案内って……？」

「この時代を」

　この人は、私を混乱させて楽しんでいるのだろうか？

「僕、未来人なんだ。二三一一年からやってきた」

○

こうして。

私と彼の、ひと夏の物語が始まった。

二〇〇九年　七月七日

結論から言うと、彼は本当に未来人だった。

なんでも、三〇〇年後の未来からこの時代へタイムリープしてきたらしい。

もちろん、いきなりそれを信じたわけではない。信じられるわけがない。だけどなぜか、絶対に嘘だ、と断定できない雰囲気が確かに彼にはあった。

だから私は土日を挟んだ週明けから、園田くんに頼まれた通りに「この時代」を案内しながら、彼が本当に未来人なのか探りを入れていくことにした。

そして少しずつ、それを信じるようになっていった。

○

例えばそれは、未来っぽい会話。

「車ってさ、三〇〇年後は飛んでるの？」

「……ごめん、質問の意味がわからない。なんであれが飛ぶの？」

心底不思議そうに首を傾げる園田くん。なかなかの返答だ。もしこれで「もちろんだよ！」なんて即答しようものなら、彼への疑いが一気に深まっていたところだった。半信半疑どころか一信九疑くらいだった印象を、二信八疑くらいにはしてあげよう。

○

例えばそれは、未来っぽいリアクション。

校舎の裏手にある水道の蛇口に、恐る恐る手を伸ばす園田くん。使い方がわからないらしい。私が一気に蛇口をひねると勢いよく水が飛び出す。

「わっ」

驚いて後ずさりしながらも、勇気を振り絞った様子で蛇口に手を伸ばし、水を止めようと試みている。演技かな？　どうだろう。なんだか楽しくなってきた。

例えばそれは、未来っぽい自由さ。

授業中、堂々と、すやすや居眠りする園田くん。そのくせ先生に起こされて「この問題を解いてみろ」と言われると、特に数学なんかは完璧に解いて見せる。しかも、私たちどころか先生ですら理解不能な解法を使ったりして。

もしかしたら、ただものすごく頭がいいだけなのかもしれないけど、どうも「学校で授業を受ける」ということに対して、私たちとは考え方が違うらしい。

これも、三〇〇年後の学習方法が今とは全然違っているからだとしたら頷ける。

○

○

だけど、そんないろいろより何より、私が一気に彼が未来人であるということを信じるようになった理由は、彼の未来っぽい持ち物だった。

その日の放課後。帰り道で彼が私に見せてくれたのは、形は少し大きめのリップスティックのような筒状のもの。ただしその表面は全体がのっぺりとしたなめらかな素材で、蓋のような継ぎ目がどこにもない。

園田くんがその筒の頭を親指で押すと、表面に一瞬光の線が走り、そこが綺麗に割れて、うぃーんという小さな音とともに筒が開いた。その中から、薬のようなカプセルが一粒ぽとりと落ちてくる。

「えっ、えっ？」

筒は私の目の前で自動的に閉じ、継ぎ目は消えて、再びただの筒へと戻る。これはどう見ても、現代の技術だとは思えなかった。

園田くんは、手のひらに落ちてきたカプセルを私に見せる。

「……何これ？」

「タイムリープの薬。僕が発明した」

「えっ？」

つまり園田くんは、その薬を飲んで三〇〇年後の未来からやってきたということだろうか。タイムマシンとか、そういう設定かと思ってた。

「未来はみんなできるわけじゃないんだ」

「まさか。僕は科学が得意でね。僕という一人の天才によって作られたものだ」

「ふーん……」

堤防の上に飛び乗って、すたすたと歩いていく園田くん。臆面もなく自分のことを天才だと言い切ってしまうその態度も、本当に未来人だからなのかもしれない……なんて、本気で思い始めている自分に気づく。

だけど同時に、それが本当かどうか確かめられる簡単な方法にも気づいてしまった。

「ねぇ、ちょうだいよ」

そう、私が実際に飲んでみればいいのだ。

「ダメだよ！」

「えっ？」

案の定、園田くんは小走りで逃げていく。あらら、やっぱり嘘なのかな？　ちょっと意地悪な気持ちになって、私は園田くんを追いかける。

「いいじゃん！　ね、見せて見せて！」

「素人が使うとパラドックスを起こしかねないし、時の因果が乱れたら、宇宙が崩壊してしまう」

「あぶなっ！」

「だからみだりに使っちゃいけない。因果は必ず、守られなきゃいけない」

うーん、私もSFは何冊か読んでるけど、確かにそれっぽい設定はよくある。結局、本当か嘘かはわからないままか……と、残念に思っていたのだけど。

「……けど」

園田くんは不意に足を止め、堤防の上でしゃがみ込む。

そして私の方に手を伸ばして、

「はい」

と、そのカプセルを差し出した。

「飲めば一〇年後に跳べるよ」

思わず小走りで駆け寄ってカプセルを受け取る。

そのカプセルはかすかに、ラベンダーの香りがした。

「いいの？」

「うん。使うときは見つからないようにね」

こくこくと頷く。これを飲めば、園田くんの話が本当か嘘かわかる。そんなものを私にくれるってことは……やっぱり、本当……なの？

「とはいえ、僕用に調合してあるから、君だと一〇秒くらいで元の時間に戻っちゃうけど」

「え？　一〇秒ってなんにもできないじゃん」

「いつか、大事な人を救えるかもよ？」

そう言って園田君は笑い、再び私を置いて歩いていく。

「大事な人……？」

それが何を意味しているのか、そのときの私にはまだ、わからない。

ただ、私たちは、秘密を分けあうことで親しくなった。

二〇〇九年　七月一一日

そうして私と園田くん——保彦は、付き合うようになった。

いや、別に言葉ではっきりと、そういうことを言ったわけではないのだけど。現に教室では、私が声をかけても保彦は素っ気ない態度だったし。

でも、私はそれで十分だった。いつもの景色が、眩しく見えた。

それに、放課後や休みの日は私だけの保彦になる。今日だって、秘密のデート中だ。

長江（ながえ）の駅から千光寺（せんこうじ）山の頂上を結ぶロープウェイ。その「かもめ」という名のゴンドラに揺られ、保彦がわいわいと騒いでいる。

「高い高い！　綺麗だけど高い！　信用できない！」

なんて失礼なことを。「怖い」ならともかく。

「大丈夫だよ」

はしゃぐ保彦がおかしくて、愛おしくて……そして楽しくて、笑ってしまう。

まるで私が、物語の主人公みたいで。

だって仕方がない。私はついさっき、保彦が本当に未来人なんだと確信したばかりなんだから。

ほんの一〇分ほど前。ロープウェイ乗り場に向かっていた私たちは、そのすぐ近くでクラスメイトの安達と坂東に見つかってしまったのだ。

「あれ？　あれあれあれ～？」

「これはスキャンダルだよ！」

私たちを見つけ、にやにやと色めき立つ二人。やばい、こんな二人に見られたら、今日中にはクラス全員に知れ渡ってしまう！　どうしよう！

「二人はどういったご関係なんですか⁉」

気を利かせる様子などかけらもなく、坂東がまるで芸能リポーターのマイクのように、手に持ったソフトクリームを向けてくる。ああもう、腹立つ！

すると、保彦がすたすたと坂東に歩み寄って、その顔の前に手をかざした。

保彦の手のひらが青く光る。

その瞬間、坂東は気を失ってその場に倒れてしまった。

続いて安達も同じように。手をかざしただけで二人を昏倒させた保彦は、何事もなかったかのようにその場を立ち去ろうとする。

思い出す。私も図書室で、同じことをされかけた。

あのとき保彦は「記憶を消す」と言っていた。おそらく保彦は、未来のアイテムで安達と坂東の記憶を消してしまったのだろう。もう、そう信じるしかなかった。

「行こう」

二人の記憶を消した手で、保彦が私の腕を引く。

それはかすかな、ラベンダーの香りがした。

○

ロープウェイで山頂に着くと、文学のこみちを通って千光寺へ。

千光寺では夏の間、軒下に三〇〇個もの風鈴を吊り下げる「福鈴まつり」を開催している。福の鈴と書いて「ふうりん」だ。

ロープウェイに乗るのも、福鈴まつりに来るのも、保彦のリクエスト。保彦がどうしてこの時代にやってきたのかはまだ聞いていないけど、どうやら尾道のことは結構詳しいらしい。私も大好きなイベントだったので、今日は本当に楽しみにしていた。だから申し訳ないけど、安達や坂東の相手をしている場合ではないのだ。

保彦に確認したところ、二人はただ気を失っただけですぐに気がつくそうだし、消した記憶も私たちを見たことだけだという。だったらまぁ……放っておいても大丈夫だろう。男の子だし。

三〇〇個の風鈴が奏でる音が耳を撫でる。不思議とうるさいとは感じない。まるでここではないどこかから響いているような、とても優しい音だ。

保彦は不思議そうな顔で風鈴を見つめている。福鈴まつりは知っていても、風鈴を見るのは初めてなのだろうか。

「風鈴。この音聴いて、涼しくなるの」

「音で、涼しくなる……？」

「なるんだよ、聴いてると」

「……ええ？」

しばらく風鈴の音に耳を澄ませていたが、やっぱり理解できない、といった表情で辺りを見回す保彦。きっと、気温は変化していないようだけど……なんてことを考えているのだろう。未来人の思考がだんだんわかってきたかもしれない。

せっかくなので、私は保彦をベンチに座らせて、風鈴を二つ買ってきた。

どこへ持っていたのか、保彦はなんだか古びた本を読んでいる。

「はい、あげる。どっちがいい？」

赤と青の風鈴を差し出す。保彦は本を閉じて横へ置き、青い風鈴を受け取って「ありがとう」と笑った。

隣に腰を下ろしながら、気になって尋ねる。

「なに読んでたの？」

「君には見せられないけど……僕はこの本を読んで、この時代へやってきた」

虚をつかれた。どうしてこの時代に来たのか、いつか聞こうとは思っていたけど、まさかこんなところでいきなり聞く羽目になるとは。でも、本を読んで過去へ来たってどういうことだろう？　それに、私には見せられないって？

「歴史の本とか？」

思いついたのはそれだった。この時代の出来事が過去の歴史として書かれている、遠い未来の本。だとしたら、私に見せられないのも頷ける。

だけど保彦の答えは、想像とは違っていた。

「小説。学校小説。このあたりが舞台になってる。骨董品屋で見つけて、描写がすごい良くてねえ。この時代に憧れて、僕はタイムリープしてきた」

それを聞いて、なんだか嬉しくなる。尾道を舞台にした学校小説か。有名な作品が一つ思い浮かんだけど、それのことだろうか？　それとも、これから書かれる本？

保彦は遠く尾道の町並みを見下ろしながら、楽しそうに続ける。

「思った通りの世界だ。不便で不合理で、不経済で」

「ちょっと待って、それ褒めてる？　不が多いけど」

現代人として軽く抗議。だけど私の口元にも笑みが浮かんでしまう。きっと未来は、もっと便利で合理的で経済的なのだろう……なんて考えている私に、保彦がゆっくりと顔を向けて、優しく微笑む。

「君にも、会えたし」

ああ。

ああもう、ずるい。いきなりそんなことを言うなんて。

頬に熱を感じ、私は保彦から目をそらしてしまった。

「……ねえ。未来って、いい時代？」

照れ隠しに、そんなことを聞いてみる。きっといい時代なんだろう。

と思ったのだけど、なぜか保彦は少し口ごもる。

「……もちろん、進歩はしてるし、合理的で、あらゆる技術が進んでる。けど、技術が進んだからって……」

保彦の声はだんだんと先細り、そこで止まってしまう。

風鈴を持って立ち上がり、再び遠くを見つめて沈黙する保彦。どうしたんだろう。やっぱり、未来にもいろいろとあるんだろうか。

しばらく何も言わずに待っていると、保彦は急に変なことを言い出した。

「過去を変えたら、未来ってどうなるのかな」

過去を、変えたら？

そういうフィクションは、たくさんあるけど。

「うーん……でも保彦は、すでにある未来からやってきたわけでしょ？」

「だよね、変わらないか」

もしかして保彦は……何か、変えたい過去があって、来たんだろうか……？

だとしたら、希望をなくすようなことは言いたくない。私は勢いよく立ち上がって、保彦の隣に並び、努めて明るく声をかけた。

「でも、余地はあると思う！」

保彦の目が、私を見る。

「でないと、最初から全部決まってるみたいでつまんないし」

運命論とか、宿命論とか言うんだっけ。この世のすべてはあらかじめすべて決まっている、っていう考え方。個人的にはあんまり好きじゃない。

「そうだね」

そう言って保彦は、うっすらと笑みを浮かべる。その表情からは、私の言ったことが正解だったのか不正解だったのか、うかがい知ることはできない。

風鈴の音が、ここではないどこかから響いているような気がした。

二〇〇九年　七月一八日

七月一八日、夏祭りの日。

夜店が立ち並ぶ神社の境内は、お面をつけた人や子供たちで賑わい、甘い匂いやソースの匂い、それに楽しそうな祭囃子で溢れている。

「おおおお……！」

そんな光景を、お祭りも初めてらしい保彦が、目を輝かせながら見ていた。

実は、昨日ちょっとしたことがあって、仲の良い友達と気まずくなってしまっていた。だからずっともやもやしていたんだけど、無邪気な保彦の姿を見て、せっかくだから私も思いっきり楽しまなければ損だ、と考え直し、笑顔になって言った。

「これが、風情っていうの」

「うん、すごい！」

浴衣を着た私と保彦は、特に目的もなく屋台を見て回る。

「ねえ」

「うん？」

「不思議なんだけど、このたい焼きっていうのと、あの大判焼きっていうのは、材料的にはまったく同質に思えるんだけど」

「あっ！」

誰もが思っても言わないようにしていることを。屋台の人に聞こえたらどうするんだ。

「それは、言わない約束」

「ああ……わかった」

保彦なりに空気を読んだのか、素直に頷く。まったく、これだから未来人は。

人波の中をそぞろ歩き、今度は私が一つの屋台に目を留めた。

「あ、ねえ！　射的やってかない？」

私の指さした先に目を向けた保彦は、そこに用意されているおもちゃのライフルを見て顔色を変えた。

「銃撃つの⁉　野蛮すぎでしょう」

「はは、言うと思った」

きっと保彦には、この時代の銃なんて本物かどうか判断がつかないと思ったのだ。

「やろ！　お願いしまーす！」

「はい、お二人さん。一回五〇〇円」

「はーい」

巾着からお金を取り出す私に向かって、屋台のおじさんが気のいい笑顔を向けてくる。

「いいカップルだ！　はははっ！」

おお、ナイスおじさん。クラスメイトには秘密の関係だけに、こんな風に言われると嬉しくなってしまう。

弾は三発ずつ。交互に撃って、私はなんとか一つだけ景品を手に入れたが、保彦は一回も当たらなかった。珍しくむっとした表情で、保彦は五〇〇円玉を取り出す。

「もう一回」

「え、もう一回やるの？」

保彦は現代のお金なんて持っていないので、私が親からもらったお小遣いを少し分けてあげていた。まぁ、あげた以上は何に使おうが保彦の自由だけど。

「ハマったね」

保彦は唇を尖らせて、無言で銃を構える。うーん、かわいい。

「いけるかな？」

「当たる」

自信満々にそう言って引き金を引くが、惜しくも当たらない。

保彦がむきになって二発目の弾を込めていたところへ、隣から聞き覚えのある声が聞こえてきた。

「あら、楽しそうじゃん」

顔を向けると、クラスメイトの茂が立っていた。やばい、見られてしまった。

茂はいいやつだから、面白がって言いふらしたりはしないだろう。そう思いつつも、一応とぼけておくことにする。

「いや、別に、そういうんじゃないし」

「いいっていいって。ほら、もうすぐ花火始まんぞ。あっちだと見やすいから」

うん、さすがは茂。察したうえで騒ぎ立てるでもなく、花火が見やすい場所まで教えてくれるなんて。なんでこんなにいいやつなんだろう。

「な、保彦！」

「ごめん、もう一回」

せっかく言ってくれているのにまだねばろうとする保彦に、焦れたように茂が詰め寄って耳元で何かを囁く。

すると、あれだけ意固地になっていた保彦が、驚くほどあっさりと銃を置いた。

「……そっか。よし、行こう」

「えっ？」

いやまぁ、行くけど。茂、いったい何を言ったんだろう？

人波の中をすたすたと進んでいく保彦は、私を振り返って笑顔を見せて。

「美雪」

「えっ……呼び捨てしないでよ！」

「ヒュー！」

「ヒューじゃない！」

抑えた声で囃し立てる茂に、口では怒りながらも心の中で小さく感謝。

果たして、茂が教えてくれた方向へ向かうと、ちょっと鬱蒼としているけどおかげで人気の少ない、花火を見るにはなかなかの場所があった。

やがて打ちあがった花火を、二人並んで見上げる。

夢のような時間。保彦に出会えた、夏の奇跡。花火の音と高鳴る鼓動に、一瞬息が止まりそうになる。

保彦の方を見ると、保彦も私を見ている。現代の私と、三〇〇年後の保彦。本当なら交わるはずのない瞳と瞳が重なる。

ああ、このまま時が止まってしまえばいいのに。

そんなことを思っていると、再び花火を見上げながら、保彦が呟いた。

「ずっと、このままがいいな」

その言葉に、私はもう胸がいっぱいになってしまって。

何も言わず、保彦の手をそっと握る。

その大きな手は優しく握り返してくれて、静かに二人の指が絡まった。

二〇〇九年　七月二一日

そして、七月二一日。

運命の日はやってきた。

〇

朝の昇降口で、保彦はいきなりこんなことを言い出した。

「行ってみようと思うんだ。旧校舎ってとこ」

「え、旧校舎ってあの、取り壊されるとこ？」

「探検してみようと思って」

「でも、立ち入り禁止でしょ？　入れなくない？」

「未来人だから大丈夫。じゃっ」

よくわからないことを言って、保彦は走って行ってしまう。もう、子供みたいなんだから……まぁ、そんなとこもかわいいけど。

保彦がどこかへ行ってしまったまま、授業は終わって放課後になった。

今日はコーラス大会へ向けてのクラス練習の日だ。音楽室に集まった生徒たちの中にも、やはり保彦の姿はない。そんなに探検が面白いのだろうか。

「やっちゃいましょう！　やるよー！」

クラスのムードメーカー、室井くんの声掛けで、好き勝手に談笑していた生徒たちが並び始める。クラス委員長でありコーラス委員の桜井唯も、手を叩きながら声を上げる。

「それじゃあ頭から！　頭からいきまーす！」

ピアノの伴奏に合わせて、みんなで合唱。歌うのは一〇年以上前の流行歌。私がまだ小さな子供のときの歌だけど、とてもいい歌だと思う。

小さく体を揺らしながら、気持ちよく歌っていると——。

「……？」

ほんのわずかに、体の揺れに違和感を覚えた。

最初は気のせいかと思った。だけど違和感はだんだんと大きくなっていく。

——ずれてる？

体の揺れとはリズムの違う、もう一つの揺れが外から干渉している感じ。

これ、もしかして。

気づいたときには、教室の壁や天井が、音を立ててきしみ始めていた。

みんなも気づいたらしく、合唱は止んで、ざわめきが広がっていく。

そして、校舎全体が、大きく揺れ始めた。

地震だ！

みんなの悲鳴が響く。がたがたと音を立てて教室が揺れ、音楽家の肖像が入った額縁が次々と落ちていく。かなり大きい。私は恐怖で身動きが取れなくなる。

みんなでしゃがみ込んで身を寄せ合っていると、揺れ自体はわりとすぐに収まった。

だけど私は嫌な予感がして、窓に駆け寄って外を見る。

同時に、誰かが叫んだ。

「え⁉　旧校舎が！」

それにつられてみんなが窓際に集まってきて、窓の外を見て口々に声を上げる。

完全に崩落している、旧校舎を見て。

そんな。

あそこには、保彦が——！

未来人だから大丈夫、と笑っていた顔を思い出す。大丈夫？　本当に？　未来人だって体は普通の人間のはずだ。あの崩落に巻き込まれて、無事に済むはずがない！

どうしよう。どうすればいい？　私には何ができる？　何が――。

そのとき、ふと。

いつか聞いた保彦の言葉が、脳裏をよぎった。

〈いつか、大事な人を救えるかもよ？〉

そうだ。

あの薬を使えば――！

私は自分の鞄に駆け寄って、小さなポーチを取り出した。

この中にあのカプセルが入っている。保彦からもらった、タイムリープの薬が。

私はポーチを持って、音楽室を飛び出した。

薬を飲めば、少しの間だけ一〇年後の未来に行けると、保彦は言っていた。

一〇年後の私なら、保彦がどうなったのか、保彦を助けるために私は今どうすればいいのか、知っているはずだ。

○

　全速力で家まで駆け戻り、玄関へ飛び込む。台所にいたお母さんが目を丸くする。

「やだちょっと、どーしたの」

「忘れ物！」

「ええ？」

　お母さんの訝る声を無視して階段を駆け上がり、自分の部屋の前で、ポーチからカプセルを取り出す。一瞬考える。ここで薬を飲んで一〇年後に行けたとして、もしも一〇年後の私がこの部屋にいなかったら？

　――いや、大丈夫だ。一〇年後の七月二一日、この日付と時間を忘れずに、私がここにいるようにすればいいのだから。

　そして私は、カプセルを飲み込んだ。

　ほのかなラベンダーの香りが、鼻の奥を撫でる。

　周りの空気が歪むような、不思議な感覚。

　そして――

二〇一九年　七月二一日

――目を開く。

私は、さっきまでと同じ場所にいる。

ただ、開いていたはずの私の部屋のふすまが、閉じている。

もしタイムリープが成功したのなら、戸惑っている時間はない。一〇秒くらいで元の時代に戻ってしまうと保彦は言っていた。すぐに一〇年後の私に話を聞かなければ。ふすまを開けて部屋へと入る。

少し様変わりしているけど、確かに私の部屋だ。西の窓から陽が差し込み、窓際に干したタオルが白く光っている。

本棚の上においてある電子カレンダーを見る。

その日付は、二〇一九年、七月二一日。

本当に……タイムリープ、したんだ。

「大丈夫」

突然、背後から。

聞き慣れたような、そうでもないような……不思議な声が聞こえた。

体ごと、そっちに向き直る。

そこには、少し大人になって落ち着いた感じの、一〇年後の私がいた。

一〇年後の私は、安心して、と言いたげな穏やかな顔で、私を見つめている。

「保彦は無事なの。高台にいるから」

高台？　どうして？　旧校舎にいたはずなのに。

「それと」

混乱している私に、一〇年後の私は、一冊の本を見せてきた。

表紙に折り目や擦り傷のついた、読み込んだ感じの本。

その表紙に書かれているタイトルは、『少女は時を翔けた』。

著者名……大槻、美雪……？

「あなたが書く小説」

私が？　小説を？

「絶対書ける。私に書けたんだから」

一〇年後の私が、私の目を真っすぐに見つめて、微笑んでいる。

また、空気が歪む感覚がして――

二〇〇九年　七月二一日

――風鈴の音が鳴る。

見慣れた私の部屋。いつの間にか私は、一〇年前に戻ったようだった。

本当にタイムリープしたという事実。私が小説を書くということ。どちらもすぐには呑み込めない、ゆっくりと落ち着いて考えたくなることだ。

だけど今は、何よりも最優先で確認すべきことがあった。

階段を駆け下りる。

「ちょっと、どうしたのよ！」

「ごめん！　急いでるの！」

お母さんの声を振り切って、私は家を飛び出す。

そうして再び全速力で、今度は保彦と風鈴を見たあの高台へと向かう。

そこに、保彦はいた。

たくさんの風鈴の音の中、いつものように飄々(ひょうひょう)と立ち、のんきに景色を見ている。

私は保彦に駆け寄って、その背中を叩いてやった。

「バカ！」

「痛っ」

気の抜けるような反応で、保彦が私を振り返る。

「旧校舎に行くって言ったよね⁉」

「行こうとしたんだけど、怖くなって……ってかどうしたの？　合唱の練習じゃない？」

「んん〜！」

怒りと呆れと安心とで、私は変な唸り声しか出せなかった。心配させておいて、保彦は地震が起きたことにすら気づいていないようだ。結構大きかったのに、ここは揺れなかったのだろうか。

とにかく、保彦が無事で良かった。それは間違いない。一〇年後の私が言ったことは本当だった。それは良かったけど……ああもう！

ぐちゃぐちゃになった私の感情など知る由(よし)もなく、保彦が遠くの方を指さして言う。

「ねえ。あの海の向こう、何が起きてる？」

「え、なんで？」

「だってほら、煙が……」

保彦が指さす方に目を向ける。確かに大きな煙が上がってるけど、あんなの私たちには日常の光景だ。

「ひょっとして、内乱？」

聞き慣れない言葉に、一瞬耳を疑ってしまう。

内乱って、戦争とか、そういうこと？　冗談でしょ？

だけど、保彦のその真剣な横顔は、とても冗談を言っているようには見えなかった。

「……違うよ、造船所。船を造ってるんだよ」

「そっか。良かった……」

そう言って保彦は、安堵の息を吐く。

もしかして、三〇〇年後の日本では、そういうことが起きているのだろうか。

もっといろいろと、言いたいことも聞きたいこともあったのに、それ以上は何も言えなくなってしまった。

○

学校へ帰りつく頃に降り出した雨は、とても悲しい色をしていた。

「帰るよ」

「え」

もう利用時間を過ぎた図書室の中で、私は唐突に、別れを告げられた。

「帰るって、どこへ？」

「僕の時代へ」

胸が、ぎゅっと締めつけられる。

「……けど、また来るんでしょ？」

「……ごめん。もう、来ない」

それが本当なのだと、わかってしまった。

いつか、別れが来るとは思ってた。

だけど、こんなに突然だなんて、あんまりだ。

「この時代は穏やかで優しくて、すごくいい。それに君が、眩しすぎて」

それはつまり、保彦の時代は穏やかじゃなくて優しくなくて、暗いってこと？

「君は真っすぐに生き、未来を信じてる。だから僕も……」

保彦の時代は、真っすぐ生きられなくて、未来を信じられないってこと？

「……ねえ。未来では、何が起こってるの？」

「それは……」

長い逡巡。

やがて保彦は私から目をそらし、背を向けてしまう。

「言えない」

「……そっか」

ああ、今のが最後だ。少しだけ、私になら言ってくれるかもって、打ち明けてくれるかもって、思ったんだけどな。

保彦を引き留めるのは無理だ。もう、無理なんだ。

だから。

「ねえ」

私は最後に、一つだけ、わがままを言うことにした。

「目、つむって」

「え？　うん」

素直に瞼を閉じる保彦。

私はゆっくり近づいて、その正面に立つ。

「キス、していい？」

一瞬、保彦が口ごもる。

「……いいのかな」

「いいのかなって、なに？」

この期に及んでどこかずれたその返答に、私は思わず吹き出してしまう。

「うん」

保彦の小さなその肯定は、何に対してのものだったんだろう。

まぁ、いいか。最後くらい、私の都合のいいように解釈させてもらおう。

そして私はゆっくりと、保彦の唇に、自分の唇を重ねた。

冷たく降っていた雨が、止んでいく。

唇を離し、私は精一杯の笑顔を浮かべた。

「私、小説書くね」

保彦が、驚いたように目を開いた。

「この夏のこと。私が体験したこと。未来の私が見せてくれたの。だから、私もそれを書く」

思いついたことをそのまま口に出しながら、私は唐突に、気づいてしまった。

「で、その本は出版されて、案外売れたりして、未来まで残る」

そう。きっとそうなのだ。

あのとき、風鈴の音が鳴り響く高台で保彦が読んでいた、一冊の古びた本。

あれは、これから私が書く小説なのだ。

その本は、三〇〇年後まで残る。それをどこかの骨董品屋で保彦が見つけて読み、内容に憧れて、この時代へやってくる。

そして、保彦は。

「私に出会う」

本当に嬉しそうに、笑った。

「なるほど。きれいなループだ」

「知ってたんでしょ。だから私に本を見せなかった」

保彦は答えず、表情を引き締めて、真剣な目で問うてくる。

「ちなみに、その本のタイトルは？」

タイトル？

なんだったっけ。記憶を呼び覚ます。一〇年後の私が見せてくれた小説。その表紙に書かれていたタイトル。確か、有名な小説のタイトルによく似ていた。

そうだ、あれは……。

「『少女は時を翔けた』」

そのタイトルを、私が口にした瞬間。

保彦が、泣き出しそうに表情を歪めた。

そして、絞り出すように、口を開く。

「……書いてよ。楽しみにしてる」

「もう読んだくせに」

それ以上は、もう何も語らず。

保彦は、タイムリープのカプセルを取り出して口にした。

「ねえ」

ゆっくりと私から遠ざかる保彦を、私は一度だけ呼び止める。

「いつかまた、会えるよね」

保彦は窓際で、儚（はかな）げな笑みを湛（たた）えて。

「また、未来で」

そう、言ってくれた。
だから、私も答える。
「未来で待ってて」
私の言葉に、もう返事はなかった。
ここで物語が始まったあのときと同じように、一陣の風が吹き抜ける。
彼は帰っていった。優しい嘘を残して。
きっと、もう会えない。
誰も知らない、たった二〇日間だけの、私の恋人。

○

それから私は小説を書いた。私と保彦の物語を。
やがて卒業して大学に入り、上京して、就活もしながら。
あの日聞いた、一〇年後の私の言葉を信じて。
登場人物の名前はフィクションだけど、舞台は私の故郷。描写は特にがんばった。
五年越しに完成させたその小説を、新人賞に応募し――。

二〇一四年　三月四日

「落選ですね」

「えっ!?」

結果の発表が待ちきれずに押し掛けた出版社で、新人賞担当の編集部の人から、私は無慈悲にその言葉を告げられた。

「だけどセンスは感じるんで、他の作品とか読めたりできます？」

いや。いやいやいや。

なんで？　絶対に受賞してると信じて疑ってなかった。だって一〇年後の私が、いやもう五年後の私だけど、絶対に書けるって言ってたのに。あれ、でも受賞するとは言ってなかったっけ？　どうだったかな？

とにかく、この一冊を書き上げればそれで終わりだと思っていたのだから、もともと読む専門だった私が、他の作品なんて書いているわけがなかった。

「いやでも、これが初めてで」

「あー……」

途端に困った表情をありありと浮かべる編集者。まずい。ここで見放されてしまったらおしまいだ。

「書きます！」

「え？」

勢いでそう言ってしまった。だけど仕方がない。とにかく出版社との繋がりを断ち切らないようにして、時間がかかっても『少女は時を翔けた』を出版しなければ。

「待っててください！」

「あるんですか？」

「え？」

何が？

「あの～……設定とか」

「あ、いや……」

あるわけがない。私に書けるのは、あの夏の思い出だけだ。

でも。

「あります！　とっておきのが！」

なんとしても、書く。私はそうするしかないのだ。

○

というわけで、今度は数ヶ月をかけて完全オリジナルを書いた。あのとき対応してくれた佐野という編集者がそのまま私の担当になったそうで、新人賞に送らなくても直接読んでもらえるようになったのはありがたいことだった。

私は一応「担当がついた」という状態になったらしかった。

なので一か八かで佐野さんに送ってみると、数日後、すぐに電話がかかってきた。

「いや相当面白いですよこれ！　一作目より力抜けてて全然いい」

「あ……ありがとうございます！」

思い入れがないのが、かえって良かったらしい。

そして私はあれよあれよという間に、そのとき書いた『まわり道とより道』で作家デビューすることになった。そのときの心情をストレートに表したタイトルだ。

作家・大槻美雪は、二作目『都会のアルストロメリア』、三作目『煌めくこんぺいとう』と順調に新刊を重ねていき、四作目の『放課後はレモン色』で初めての重版がかかったときには、少し作家としての自覚が芽生えていたりもした。

だけどその頃、暦はすでに二〇一九年。七月二一日というタイムリミットは迫っていた。

絶対にその日までに、『少女は時を翔けた』を本の形にしなければならない。

私は一作目を必死の思いで書き直し、熱い思いとともに佐野さんに送りつけた。

そして今。佐野さんが私の目の前で、書き直した『少女は時を翔けた』を読んでいる。

心臓が張り裂けそうだ。作家になって五年。デビュー作が書店に並んだときでもここまで緊張はしなかった。

プリントアウトした原稿を読み終わった佐野さんが、ぱん、と表紙を叩く。

「まあ、いいでしょう。本にしますか」

「っ……やっ、た――――！」

思わず手を叩いて立ち上がり、両腕を高く突き上げた。

あの日見た一〇年後に、間に合った。

佐野さんの両手を握りしめ、ありったけの感謝を込めて深々とお辞儀をすると、なんだか全身の力が抜けてしまい、私はそのままソファに沈み込んだ。そんな私の様子を見て佐野さんが苦笑する。

「あぁ、気ぃ抜けちゃって」

「あ〜……引退してもいい」

「引退⁉　いやそりゃ困りますよ！」

「あはは」

ついつい出た言葉だったけど、本当は自分にそんなつもりがないことはわかっている。

だって私はもう、作家なのだから。

○

そしてついに、その日がやってきた。

二〇一九年　七月二一日

尾道の実家へ向かうバスの車内。

私の手の中には、一〇年前のあの日に見たのと同じ、『少女は時を翔けた』の著者見本があった。

「見本、もうできたんだ？」

「急いでもらったの。お母さんに見せたくて」

「だいっぷ苦労してたもんな」

そう言って、隣に座っている私の夫、石田章介さん――章ちゃんが、労るような目を向けてくれた。その優しい表情を見ていると、心がほっこりする。

章ちゃんとは三年前に結婚した。だから、大槻美雪はペンネーム。今の私の名前は、石田美雪だ。

もちろん、この小説が実話であることは言っていない。私と保彦だけの秘密。

ほんの少し、後ろめたい気持ちがないわけでもない。保彦との思い出は決して消えないと思う。でも、もうあの頃のような胸焦がす感情はまったく抱いていない。学生時代の恋愛なんて誰にだってある。それがちょっと特殊だっただけ。

この本を出す理由は、けじめのようなものだ。

遠い昔に開けっぱなしにしてしまった扉を、きちんと閉じるための。

バスが停留所に着く。そこからしばらく歩き、懐かしの我が家に帰ってくる。

「お帰り〜！」

お母さんが、あのときとまったく変わらない笑顔で迎えてくれる。

その目元に少しだけ皺が増えた時間で、恋心は思い出に変わり、情熱は職業になり。

そして、一〇年。

〇

あの日見た部屋で、私は、私を待っている。

電子カレンダーの日付は、二〇一九年、七月二一日。

私の手元には『少女は時を翔けた』の著者見本。

もうすぐ、一〇年前の私が慌ててやってくる。私は保彦の居場所を伝え、本を見せ、絶対書けると励ます。そして彼女は、小説を書くと決意し、時間のループは完成する。

美しい円環。完全無欠の物語。

「美雪～、東京ばな奈食べる?」

「もう、ちょっと! 入ってこないでよ、仕事中!」

「あ、そうなの? 東京ばな奈……」

「いらない」

無遠慮に入ってくる母を追い返し、心を整え、自分が来るのを待つ。

いつ来るんだろう。どんな顔をしてるだろう。一〇年前の私は。
やがて夕方になり、日は暮れて。
そして、一〇年前の私は――

――来なかった。

第二章　始まらない夏

二〇一九年　七月二一日　リライト後

夜。

実家のリビングで、『少女は時を翔けた』の表紙を撫でながら、私はずっと考えている。

なぜ私は来なかったのか。これからいったいどうなってしまうのか。

「どう思う？　一〇年前の私が来なかったら」

「え？」

少し前から調子が悪いという換気扇のメンテナンスをしている章ちゃんに、私は質問を投げかける。

「小説の話。ラストでさ、今の私に一〇年前の私が会いに来て、物語が完結するじゃん。その私が来なかったら」

章ちゃんには、本になる前から私の原稿を読んでもらっている。だから話の筋はすべて理解していて（もちろんフィクションとしてだけど）、相談するには最適の相手だ。

章ちゃんは手を止めて私の方を見て、こともなげに言う。

「宇宙崩壊でしょ」

「う……!?」

「書いてんじゃん、自分で。矛盾とかなんとか」

確かに、それは本文中にある文言だ。時の因果が乱れたら、宇宙が崩壊してしまう。保彦がそんな風に言っていた。

「そう、なる、か」

「まぁ俺、難しいことはよくわかんないけど。とりあえず作家にはなってないんじゃない？」

「あ、そっか。きっかけがなくなるわけだから」

一〇年前の私が来なかったということは、一〇年前の私は今の私に「小説を書け」と言われていないということだ。そうなると私は小説を書かないから、作家になることもない

……あれ、でも、じゃあ今の私は？　まだ小説家だぞ？

「あと、旦那にも出会ってないと思う」

「え、なんで⁉」

「だって、作家になって知り合ったわけだし」

棚の上に飾られている、私たちの結婚式の写真に目をやる。

そうか。私と章ちゃんは、出版関係のパーティーで出会った。つまり、過去の私が来ないと、今の仕事も結婚もなかったわけで。

「やばいよ。うちら、出会わなくなっちゃう」

「うちらって。小説の中の話だろ？」

怪訝（けげん）そうな視線を向けてくる章ちゃん。章ちゃんにとっては、いくら自分たちに似ている部分があっても、それは完全にフィクションの話なのだ。

「……もちろん、そうだけど」

下手に食い下がると、藪をつついて蛇を出すことになりかねない。結局それ以上は相談できず、私は自室に帰り、一人で考える。

なんで来なかった？　あの日の私はなぜ来ない？

正直、宇宙崩壊云々はそんなに心配していない。冷静に考えて、本当にそうなるとしたら、そもそも私が来なかった時点で因果は乱れているのだから、とっくに宇宙は崩壊しているはずだ。でもそうはなっていない。

部屋の電子カレンダーを見る。ちょうど二四時を越えたらしく、その日付が七月二一日から二二日に変わる。

それを見て、ふと思いついたことがあった。

そもそも、ぴったり一〇年後に着くものだろうか？　あの薬は保彦が自分用に調合したもので、そのせいで私が使ってもほんの少しの間しか未来に留まれなかった。だったら、一日二日の誤差が出てもおかしくはない。

そしてもう一つ。

私は七月二一日に跳んだと思っていたけど、正確に言うなら、跳んだ先の電子カレンダーが七月二一日を表示していた、というだけなのだ。

と、なると。

私は電子カレンダーを操作して、日付を二二日から二一日に戻す。

この部屋の時間を、止めることにした。

二〇一九年　七月二二日

「ねぇ、あと二、三日いてもいい？」

翌朝の食卓で、私はお母さんにそう切り出した。

部屋のカレンダーが七月二一日を表示してさえいれば、一〇年前の私が来るのは今日でも明日でも構わないはずだ。私はそれを待たなければならない。

「うん、いいけど。どうして？」

「新作のアイデアが降ってきそうなの。ごめんね章ちゃん、先帰ってて」

「ああ……」

さすがに長い付き合いだから、私の様子に何か感じるところがあったのだろう。怪訝そうな顔をしながらも、章ちゃんは素直に頷いてくれる。

そして朝食が終わって、私が洗い物をしている間に章ちゃんは荷物をまとめ、東京に帰る準備を終わらせていた。

「じゃあ、先に戻るね」

「うん。気をつけてね」

「うん」

玄関へ向かう章ちゃんを見送っていると、私のスマートフォンにメッセージが届く。

誰かと思ったら、高校生のときに隣の席だった、林鈴子からだった。

〈戻ってきてるって？ 会おうよ。忙しい？〉

鈴子はずっとこの町に住んでいて、地元紙のライターになったと聞いている。懐かしい友人からの誘いに少し浮かれながら、私は返事を送る。

〈ぜひ！ 朝か夜なら大丈夫！〉

それに対し、鈴子からもすぐに返事が届く。

〈じゃ、今からは？〉

驚いた。夜にお酒でも飲みながらという話になるかと思っていたのだけど。

時刻はまだ午前九時前だ。もし今日一〇年前の私が来るとしても、午前中には来ないはず。だったら、お茶をするくらいの時間は十分にある……。

そんなことを考えながらふと顔を上げると、玄関にまだ章ちゃんが立っていて、私の方をじっと見つめていた。驚いた、もう帰ったと思っていたのに。

「どうしたの？」

問いかける私に章ちゃんは、半分冗談で、半分本気のような顔を向ける。

「小説の中の、話だよな」

心の中の動揺が表情に出そうになって、私は慌てて取り繕って笑った。

「だから、そう言ってるじゃん。目処(めど)ついたら連絡するから」

「……おっけ。じゃあ、頑張って」

「うん」

そして今度こそ、章ちゃんは玄関を出ていく。

私は後ろめたい気持ちを抱えながら、その背中を見送った。

○

午前一〇時。

尾道の本通り商店街から少し外れた路地にある、『キツネ雨』という少し変わった名前の喫茶店で、私は数年ぶりに鈴子との会話を楽しんでいた。

「作家先生かー、すごいなぁ」

「鈴子も同じようなもんじゃん」

「いや全然、私なんて」

そう謙遜する鈴子。高校生のときにかけていた眼鏡はコンタクトに変わっており、当然ながらだいぶ大人になっていて、なんだか変な感じがする。私もそんな風に思われているんだろうか。

「ね、また新作出たりするの？」

「うん、まぁ一応」

「すごいなぁ。え、どんなのどんなの？」

「うーん……」

どうしよう。話してしまえば、さすがにクラスメイトにはそれが保彦のことだとわかってしまうだろう。だけど、本が出ればきっと鈴子は読んでくれるだろうし、時間の問題か……そう思い、結局は話してしまうことにした。

「この町を舞台にした、青春小説なんだけど」

「うん」

「ある日、転校生の男の子がやってきて、実はその子が未来人で、恋に落ちて〜……みたいな」

鈴子の表情が変わる。

「え、それって」

「ん？ まあいいのいいの、恥ずかしいから！」

やっぱり、気づかれたかな。照れ隠しにストローに口をつける。

「お？ お〜、久しぶり！」

突然、窓の外からそんな声が聞こえてきた。

そちらに目を向けると、野菜を運んでいる途中らしい男性二人の姿。その顔にははっきりと見覚えがあった。

「え？　あ、土井と江口？」

二人とも、私たちの元クラスメイトだ。

「どこに行っても誰かいるから」

苦笑しながら手を振る鈴子。土井は野球部で、あの頃と見た目も雰囲気もほとんど同じだ。江口は確か八百屋の息子。エプロンをつけて台車を押しているところを見ると、実家の八百屋を継いだのだろう。

二人は屈託のない笑顔でこちらに手を振り、「同窓会で！」と言葉を残して去っていく。

同窓会の誘いは私ももらっていた。五日後、二七日の土曜日だ。出席したい気持ちは、もちろんあるのだけど。

「美雪、どうすんの？」

「私、東京に戻るから断っちゃった」

本来なら今日、私も章ちゃんと一緒に帰るはずだったし。

「えー来てよー。もうしばらく残ってさ」

「え〜？」

「茂が幹事なんだけど、全員集めるんだーって張り切ってたよ」

茂か。懐かしいな。全員だなんて、いかにも茂が言いそうだ。

「全員は無理じゃない？」

「それが結構来るらしい。茂が一人一人説得してて」

「うわ、男子とか全員来そう」

そう言って私が笑うと、鈴子はなぜか表情を曇らせた。

「あー……」

なんだろう？　何かまずいことを言ったのだろうか。

「美雪、聞いてない？　室井くんのこと」

「え、どしたの？」

鈴子は言いづらそうに口ごもり、だけどそれを教えてくれた。

「……死んじゃったんだ」

思考が、止まった。

「一昨年、交通事故でさ。タクシーに乗ってて、ぶつかっちゃって、打ち所が悪くて」

「……そうだったんだ」

何を言えばいいのかわからず、そんな言葉しか出てこない。

「同窓会しばらくやれてないのもそのせい。こないだ三回忌だったし」

思い出す。室井くんはクラスのムードメーカーだった。

明るくて、お調子者で。彼のいるところには、常にみんなの笑顔があった。

あの室井くんが、死んでしまったなんて――。

同級生が亡くなったという事実が、うまく頭に入ってこない。驚きや悲しみよりも、まだ現実感が湧いてこず、私はただ黙り込んでしまう。

暗くなってしまった雰囲気を変えたかったのか、唐突に鈴子が口を開いた。

「ちなみに、なんて本？」

ぼんやりとした頭ではその質問の意味が理解できず、間の抜けた表情を返してしまう私に、鈴子は小さな笑みを見せて続ける。

「新刊！」

「あ……」

ああ、私の新刊の話か。急に、間抜け顔をさらしてしまった羞恥心（しゅうちしん）が湧いてくる。

「いや、いいって」

「え、教えてよー。いつ出るの？　出版社は？」

「いい、いい」

「えー！」

きっと鈴子や、この町にずっと住んでいるみんなの中では、もうある程度は心の整理がついているのだろう。そうやって努めて明るく振舞ってくれる鈴子のおかげで、少し平静を取り戻せた気がする。

そしてふと店内の時計を見て、思ったよりも時間が経っていることに気づいた。

「ごめん、私、帰んなきゃ！」

「え、うそ」

ここから家まではそこそこ遠い。鈴子には申し訳ないが、念のため早めに戻っておかなければ、一〇年前の私と入れ違いになってしまうかもしれない。

「ごめんね！」

「あ」

小走りで喫茶店を出ていく私。

「気をつけてね……」

背中に小さく、そんな鈴子の声が聞こえた。

○

そろそろ、一〇年前の私が来るかもしれない時間。

急いで部屋に戻った私は、お母さんが勝手に取り込んで畳んでいたタオルを再び広げて干していた。まったく、触らないでって言ったのに。このタオルも大事なんだから。あとで釘を刺しておこう。

私がここにタイムリープしたあのとき、西の窓から太陽光が室内に差し込んで、窓際に干しているタオルが白く光っていたのを覚えている。だから午前中じゃないのは間違いない。加えてあの日、地震が起きたのが公式な記録で午後四時一〇分。だったら私が来るのは普通に考えるとそれ以降のはずだけど、念のために西日が差す時間は部屋で待機しているつもりだった。

電子カレンダーの日付を確認する。七月二一日。昨日の日付だ。多少強引ではあるにせよ、これで私が来ればループは完成する。

私は椅子に座り、『少女は時を翔けた』の著者見本を持って、私を待ち始めた。

……のだが、すぐにスマートフォンが震えて着信を告げた。

どうしよう。電源を切ってしまおうと思ったけど、着信相手を見てみると担当編集の佐野さんだった。ついでに時計を見るが、さすがにまだ私は来ないだろう。それに、本がきちんと出版されるのも大事なことだ。そう判断して、私は電話に出た。

「はい」

〈あ、お疲れさまですー。先生、もう東京戻られてます？〉

「すいません、まだ実家でして。出版パーティーまでには」

〈ああ、どうぞごゆっくり〉

ごゆっくりということは、すぐに戻らなければならないような用事ではないらしい。ひとまず胸を撫で下ろす。

〈あの一つ、ちょっとお伺いしたいことがございまして。あのー……ま、一応念のためっていうか、確認なんですけど〉

なんだろう？　やけに歯切れが悪いけども。

〈あのー……『少女は時を翔けた』って、これ……先生のオリジナルですよねえ？〉

んん？　質問の意味がわからない。他人の作品からアイデアを借りてないか、ということだろうか。そういうことなら絶対に大丈夫だけど。なにせ実体験だし。

「そうですけど」

〈ははっ、ですよね。いやなんか、変な連絡が来ましてね、はい〉

変な連絡？

〈よその編集者なんですけど、今度そこで出す小説が、先生の作品に似てるって言うんですよ。で、「うちは出しますから念のため」って〉

……気味の悪い話だ。謂れのない疑いをかけられたようで気分が悪い。

「なんですか、それ？」

〈まぁ、たまたまでしょう。よくある設定ですから……あっ、すいません。もちろん先生のはオリジナルですよ？　はいはいはいはい〉

途端に早口になる佐野さん。つい口に出た本音を取り繕っているのが丸わかりだ。そりゃあ、タイムリープ物の小説がありふれていることなんて私だってわかっている。だけどあの小説がパクリだなんて、それだけはあり得ないのに。保彦との思い出が踏みにじられたような気がして、私はつい刺々しい声を出してしまう。

「何年も前に応募してますから」

〈はいはい、もちろんそうです。なんで、気にしないでください。いや前にもあったんですよ。新人賞で似た設定なのが〉

それも別に、言わなくてもいいでしょ……。

不愉快な気持ちで電話を切る。まったく、なんだったんだ。

……落ち着け落ち着け。一〇年前に私が会った今の私は、もっと穏やかで余裕のある顔をしていた。こんな私の顔を私に見せるわけにはいかない。

深呼吸して心を落ち着け、凪のような気持ちで再び私を待つ。

やがて三時が過ぎ、四時が過ぎ、五時が過ぎ。

結局そのまま、タオルに当たる西日がなくなり、今日も私は来なかった。

◯

「ねぇお母さん。部屋のタオルさぁ、取り込まないでほしいんだ。集中に関わるから。てか何も触らないで!」

庭で畑仕事をしているお母さんに釘を刺しておく。

「だって、タオル乾いてたから」

「いいから! 部屋には絶対入らないでよ」

「はいはい、先生」

呆れたようなお母さんの声を背後に、私は仏間に入ってお父さんの仏壇に手を合わせる。

そして引き出しの中から線香とろうそくを取り出して、バッグに入れて家を出た。

あのあと、鈴子に室井くんのお墓の場所を教えてもらい、陽が落ちる前に足を運ぶことにした。今まで知らなかった後ろめたさもあり、少しでも早くお参りしたかった。

やがて共同墓地に辿り着き、立ち並ぶ墓石の中に室井家と書かれたお墓を見つける。この無機質な石の下に同級生が眠っているなんて、実感が湧かない。

私は線香に火をつけてお墓に供え、静かに手を合わせた。

普通なら、手を合わせながら心の中で何かを言うのだろう。だけど、なかなか言うべきことが思いつかない。室井くんとは特別な思い出があったわけではない。同じクラスの愉快な男の子、そのくらいの関係だった。

それでも、高校時代というかけがえのない時間を同じ教室で過ごしてきた相手だ。遅くなってごめんなさい。どうか安らかに眠ってください。せめてそう願う。

「美雪？　もしかして美雪!?」

不意に横から聞こえてきた声に顔を上げる。

そこにはサングラスをかけた同年代の女性が立っていて、その人がサングラスをずらすと、見覚えのある顔が現れた。

「……おー！　亜由美？」

それは、クラスメイトの増田亜由美だった。

彼女はいつも賑やかで、クラスの中に明るい雰囲気を振りまいていて、言うなれば女版の室井くんみたいな存在だった。

「あっははは！　え〜、久しぶりじゃん！　ちょっと、元気だった⁉」

手を振りながら近づいてくる。あの頃と変わってないな。どっちかというと大人しめだった私にとっては、ちょっとだけ、苦手なノリ。だけどもちろん仲が悪かったわけじゃないし、久しぶりの再会とあってはなおさらだ。

「ってかめっちゃ綺麗になってんじゃん。東京の女じゃん！　ね〜久しぶり〜！」

「あはは……」

私の腕を摑んでぶんぶんと振る亜由美。う一ん、やっぱりちょっと、苦手かも。

とはいえ、亜由美も室井くんのお墓参りにきたようだ。というか水桶を持ってきているので、お参りだけの私とは違って掃除もするつもりだったらしい。そういうところはリスペクト。私も一緒に掃除をさせてほしいとお願いした。

「なんか、室井が成仏できてないような気がしてさ〜」

お墓を磨きながら、亜由美がそんなことを言う。鈴子からもう少し詳しい話を聞いたのだが、高校を出た後、室井くんはがらっと変わっていったらしい。

「けっこう、荒れてたらしいね」

「うん。中高で荒れるならわかるけど、卒業してからだよ？　地元のなんかヤバい奴らとつるみ始めて、強姦まがいのことまでしてたからね」

「は!?」

「ヤバくない？　それで茂がず〜っと向き合ってて、やっとまともになったな〜と思ったら、交通事故でしょ」

ちょっと、意外すぎる話だった。あのみんなを笑わせることが大好きだった室井くんが、そこまで荒んでいたなんて。

「室井くん、そんなだったんだ。想像つかないな……」

複雑な思いでお墓に水をかけていると、亜由美が近づいてきて、内緒話をするようにぼそっと、よくわからないことを言い始める。

「室井のご両親、見ちゃったらしいよ。室井の幽霊」

「幽霊？」

「お母さんなんかパニックになっちゃって、あんた生きてたの!?　って。そしたら、またスーっと消えちゃったらしいよ」

「それはほんとに？」

「いやいや、わかんないけどね」

そう言って亜由美は笑う。そりゃまぁ、わかるわけないか。

だけど、ムードメーカーだった室井くんが、高校を卒業して荒れ始めて、まともに戻ったと思ったら亡くなって、そして幽霊が現れて？　まったく意味がわからない。いったい室井くんに何が起こったんだろう。

「……ってか、なんか暗いね？　飲み行こっか。飲み行こ！」

湿っぽい雰囲気を嫌ったのだろう、亜由美が急に明るい声を出す。どうしよう、亜由美のことだから、あの頃の仲良しメンバーを集めるつもりだろう。いわゆるカースト上位の人間が集まる飲み会は、正直あんまり得意ではない。

だから一瞬、断ろうかと思ったんだけど。

亜由美は室井くんのお墓に手を当てて、目を閉じて。

「じゃあ、行くね」

小さな声でそう言った亜由美の姿を見て、なんだか断れなくなってしまった。

○

「献杯ー！」

『けんぱーい！』

夜の居酒屋に、女三人のそんな掛け声が響き渡る。

「……不謹慎でしょ」

「いや、室井もこんくらいの方が喜ぶって！」

さっそくそのノリについていけず、私は気まずい気持ちでお酒に小さく口をつけた。

「にしてもすごいよね。作家先生だもん」

そう言って親指で私を指してきたのは、クラスの中で一番の美人だった長谷川敦子。要するに、カースト最上位の人間だ。やっぱりと言うかなんと言うか、あの頃よりももっと綺麗になっている。

「いやいや、そんな……」

「うちらもっと美雪と仲良くしときゃよかったよ。ねぇ」

敦子に続くのは、クラス委員長だった桜井唯。勉学でも人付き合いでも優等生。

亜由美、敦子、唯。この三人が、名実共にクラス内女子カーストピラミッドの頂点に君臨する三角形だった。

「えー、仲良かったよね～？」

「うーん……まあまあ？」

詰め寄ってくる敦子に冗談めかして言ってみると、敦子は楽しそうに笑う。なんだかんだで、この辺の当たり障りのないバランス感覚は私にもあったのかもしれない。亜由美とも敦子とも唯とも、言葉の通り「まあまあ」仲は良かった。

「ってかさ、凄くない？　みんな書く職業になってない？」

亜由美が言う。話によると、敦子は東京で脚本家の卵、唯は地元で新聞記者になったそうだ。鈴子は地元紙のライターだし、私は小説家だ。他にも趣味で小説を書いている人や、出版社に就職した人もいるらしい。

それを聞いて亜由美が口を尖らせる。

「あたし全然介護士なんだけど」

「確かに」

「いや、介護士がいちばん堅実よ？」

「うちらの地元って、なんかそういう文才が伸びるパワースポットだったのかな〜」

まぁ確かに、例えば千光寺山には二五人の文筆家の作品を自然石に刻んだ文学のこみちなんかがあったりする。幼い頃からそこを歩いていれば、文才を得られるご利益があったりする、かもしれない。

でも、と私は思う。

あのクラスの中で一番文才があったのは、敦子でも唯でも鈴子でもなく、もちろん私でもない。それはおそらく――。

「でも、亜由美だって小説書こうとしてなかった？」

突然、唯が亜由美に矛先（ほこさき）を向けた。

「え？」

うろたえる亜由美。そんなのまったく知らなかった。だけど敦子はそれを知っていたようで、からかうように亜由美を指さす。

「してたー！　本読まないくせに」

うん。高校生の頃の亜由美に、そんな印象はまったくない。

「ああ……美雪の影響よ」

「え、私？」

「なんか、本好きって、かっこいいじゃん？」

冗談めかして言う亜由美。唯も敦子も呆れたように笑う。私は、そう言われて正直嬉しかった。それにどんな動機であれ、読んだり書いたりすることを始めるのはとてもいいことだと思うけどな。

「あ、けど、めっちゃダメ出しされてさ」

嫌なことを思い出したようで、亜由美は途端に顔をしかめる。書き始めた人間にダメ出ししまくるなんて、それはよくないな。そんなことをしたら書くことをやめてしまうじゃないか。まずは褒めるべきだと思う。編集者だったら絶対に担当についてほしくない。

「あいつあいつ。なんだっけ……」

亜由美は必死でその悪いやつの名前を思い出そうとしている。やがて記憶の引き出しを探り当てたようで、ぱっとその顔を上げた。

「あ、友恵友恵！　雨宮友恵！」

唐突に出てきたその名前に、私は心臓が止まりそうになった。

それは奇しくも、私がさっき思い浮かべていた名前。クラスの中で一番文才があったであろうその人。そしてあの頃、私が一番仲の良かった……少なくとも私はそう思っていた、大切な友達。

「え、誰だっけ？」

「いや忘れるのヤバ」

そのやりとりで、当時の友恵がクラス内でどんな位置にいたのかは容易に察せられる。

「友恵が……？」

信じられない思いで小さく呟く。私の知っている友恵は、人にそんなことをするような子じゃなかった。ただそれは、優しいとかそういうことではなくてむしろ逆で、なんというか、そこまで他人に興味を持っていないというか、特にカースト上位の人間には関わることすら避けていたような、そんな子だった。

「思い出しただけでも腹立つわー。ちょっとアドバイスもらおうかなーと思ったら、言いたい放題よ。そんな言う⁉　みたいな」

「まあ亜由美さん、陽キャだから！」

「その括りやめてよ。二七だよ？」

盛り上がる敦子と亜由美。私は全然酔いが回ってこない。気まずい思いでテーブルのつまみを適当に口に運ぶ。

「でも、いいなぁ美雪は」

ぽつりと、唯が私の名前を口にする。

亜由美がレモンサワーをぐいっとあおり、唯に続いて私に目を向ける。

「アンタみたいなのが小説家になんだね」

なんと答えたらいいのかわからず、黙って口をもぐもぐする。

突然、向かいに座っていた敦子が私の隣に来て腕を組んでくる。

「美雪、お願い！　よかったら編集の人紹介して？」

「ええ？」

「いや、今書いてる本、読んでもらうだけでいいからさ。自信作なわけ！」

誰かに頭を下げているところなんて見たことなかった敦子が、私にすり寄って猫なで声を出してくる。

ああ、こういうの、嫌だな。

「そういうのやめなー？　美雪困ってるよ」

「美雪先生！　お願い〜！」

ついには抱きついてきた敦子を、唯が引きはがそうとしてくれる。

「ねぇ美雪先生〜」

「やめなさい、やめなさい！」

唯がそう言っても、敦子はしつこくまとわりついてくる。

「ほんと……ねぇ、やめて！」

最初は半笑いだった唯が、なぜか表情を硬くして、鋭く叫んだ。

一瞬で、空気が凍りつく。

「え、なんで？　ちょっと……え、ごめん」

ただならない雰囲気を感じたのか、敦子がへらへらと笑いながらも、若干の気まずさをにじませて自分の席に戻り、それをごまかすようにお酒を追加する。

「すいません、ビールお願いしまーす！」

「酔っ払いやん」

「……ごめんごめん」

突っ込む亜由美に、再び笑顔を浮かべる唯。

「飲みなおそ？」

文句ひとつ言わない敦子。そして飲み会は何事もなかったかのように再開される。高校生の頃だったら、一度こんな雰囲気になったら仲直りするまで数日はかかっていたのに、みんな大人になったものだ。

そういう私も、波風を立てないように愛想笑いを浮かべながら。

ああ、やっぱり来なければよかった。そんなことを思った。

◯

気まずかっただけの飲み会がやっと終わり、私は一人、アーケード街をとぼとぼと歩いている。

その一角、アーケードを横に抜け出る小さな路地の入口で、私は足を止めた。

ここが、私と友恵の関係が終わってしまった場所だった。

思い出す。友恵は本が大好きで、私は図書委員だった。だからあの頃、私と友恵は図書室でよく話をしていた。

友恵とは、二人になるといろいろと話した。本のこと。映画のこと。私と友恵はお互いに好きな作品をおすすめし合って、その感想を語り合った。

クラスでは私よりもさらに大人しく、はっきり言うと暗い子扱いされていた友恵は、作品の感想になると途端に饒舌になった。意見がぶつかることもあったけど、共感できることもたくさんあった。

私たちは何度も感情を共有し、顔を寄せて笑い合った。あの頃の私は、もともと本が好きだったのに加えて、もっと友恵と話したくてさらにたくさんの本を読んでいた。

今思えばあの時間は、私が小説を書けた要因の大きな一つだったのだろう。というか私はなんとなく、友恵が小説家になるんじゃないかと思ったこともあった。

でも、保彦と出会ってからは、友恵との時間は減っていって。

そしてある日、私たちの間に、決定的な亀裂が入った。

忘れもしない。あれは保彦と夏祭りに行った前の日だから、七月一七日だ。

久しぶりに友恵と二人でアーケード街を歩いていたら、クラスメイトの安達と坂東が二人乗りした自転車が、友恵にぶつかってきたのだ。

友恵は路上に倒れ込み、鞄の中身がばさっとぶちまけられた。

自転車の二人は止まることも謝ることすらもなく、奇声を上げながらアーケード街を走っていく。そもそも本当なら自転車を降りて歩かなければいけないのに。

「ひっど！　なんなのマジで。謝るでしょ普通」

怒りが抑えられなかったが、走っても追いつけるわけはない。私は友恵の傍にしゃがみ込み、散らばった鞄の中身を拾い集めようとした。

その中にカバーのかかった本があったので、傷がついていないかと心配になって真っ先に拾い上げる。

その途端。

「触らないで！」

友恵が叫び、私が拾った本を強引に引っ張って取り戻した。

「……本には、触られたくない」

友恵は私に背を向けて、一人で荷物を片付け始める。

「……ごめん」

謝ってみても、友恵からは何の言葉も返ってこなかった。

あの日から、友恵とはまともに話をしないまま、高校を卒業して離れ離れになってしまった。今どこで何をしているのか、私は知らない。どうして友恵があんなに怒ったのか、その理由もわからないままだ。

もし叶うのなら、私は他の誰よりも、友恵にもう一度会いたかった。

◯

バッグの中でスマートフォンが震え、私を回顧の世界から引き戻す。

画面を見ると、鈴子からのメッセージが届いていた。

〈今度出る新刊、先に読ませてよ。どーしても気になって〉

朝、喫茶店でもずいぶん食い下がられたことを思い出す。気にしてくれるのは嬉しいけど、そこは大人なんだから、駄目だと言ったら諦めてほしいものだ。

〈ごめん、出版するまで見せられなくて、楽しみにしてて～〉

鈴子の機嫌を損ねないように、当たり障りのないメッセージを返す。

すると今度は、後ろからこつこつと足音が近づいてきたので振り返った。

「……唯」

　さっき別方向に分かれたはずの唯が、小走りで戻ってくる。そして鞄から名刺ケースを取り出しながら話しかけてきた。

「ごめん、言い忘れたことがあって」

「え、どしたの？」

　わざわざ名刺を渡しに来てくれたのかな、と思ったら。

「美雪、出版社の人と繋いでくれない？」

……さっき敦子を注意してくれたことに、少し感謝していたのに。あのとき怒っていたのは、先を越されそうになったからだったの？

「ちょっと、唯まで……」

「あ～、敦子とは違うよ。新聞で書評とか書いてるんだけど、地方紙だと広がらなくて。出版とか、相談できたらなーって」

　それは、敦子とどう違うんだろう？　私にはわからなかった。

「……うん、わかった」

　なんだか疲れてしまって、無責任に頷いてしまう。

「本当？　ありがと～！　これ私の名刺。メールすぐ送ってね。これね」

「うん」

「ありがとね」

「うん」

嬉しそうに去っていく唯。私も帰途につこうと歩き出すが、すぐに唯が戻ってきて私を呼び止める。

「美雪！　待ってるからね」

念押しの笑顔を残し、やっと唯は帰ってくれる。

再び歩き出した私に、スマートフォンの着信。鈴子からだ。今度はメッセージではなくて音声通話。気づかなかったことにする。

久々の地元は、みんな私に優しくて。

ちょっと、煩わしかった。

二〇一九年　七月二六日

それから四日が過ぎても、一〇年前の私は、来なかった。

自家製ジャムを作るために鍋をかき回していると、レモンの皮を剝いているお母さんが呆れたように吐息交じりの声を出す。

「別にいいんだけどね。あんた、いつまでいるのよ」

「うーん」

それを知りたいの私の方だ。私は私に会うまで帰れない。だけどいつまで待てばいい？

「章介さん大丈夫なの？」

わかってる。いつまでも、というわけにはさすがにいかない。章ちゃんを東京に一人っきりにしてるし。

「あと一歩で、構想まとまるから」

「書いてるように見えないけど」

「だから構想なんだって！　考えっていうか、全体の辻褄が」

「あぁ、もうちょっと優しくかき混ぜて」

つい感情のままにお鍋をがしがしとやってしまい、お母さんに怒られる。八つ当たりなのはわかっているけど、私だって大変なんだ。

「もう、ヤバいのここでまとまらなかったら、本当に！」

「辻褄よりジャム」

「……はぁい」

ジャムに罪はない。かき混ぜる手を緩めながら、私は頭を働かせ始めた。下手の考えでも八つ当たりするよりはマシだろう。

一〇年前、自分の部屋にタイムリープしたときの風景を思い返す。

あれはいつだったんだろう。夏だったことは間違いない。カレンダーは七月二一日だった。それは今となってはあまり重要じゃないけど。

タオルを干した窓。西日が差していた。部屋は片付いていて、私がいて、手に持った『少女は時を翔けた』の著者見本を、私に――

あれ？

そこで私は記憶の再生をストップし、著者見本をズームする。

あのとき、私が持っていた本は、確か……表紙に折り目や擦り傷のついた、読み込んだ感じのある本だった、ような……？

「あ、ちょっと！　美雪！」

私はジャムの鍋を置いて、二階へ駆け上がった。

いつ私が来てもいいように、すぐ手に取れる場所においてある著者見本を手に取る。それは実家に帰る前に無理を言って作ってもらった出来立ての新品で、当然ながら折り目や目立つ傷など一つもない、綺麗なものだ。

「少し、傷んでたような……」

ぺらぺらとページをめくり、匂いを嗅いでみる。新しい小説特有の匂いがする。

だけど、あのとき私が持っていた著者見本は、中古本のようではなかったか？

何か、もう少しで重要な閃きを得られそうな気がしたそのとき、私のスマートフォンが着信を告げた。もう、タイミングの悪い。

画面を見ると佐野さんからだった。出ないわけにはいかない。

「はい」

〈あ、先生。今から編集部来れますか？〉

佐野さんは、挨拶もなしにいきなり用件を切り出した。いつものへらへらした喋り方ではなく、珍しく真剣な口調。なんだか様子がおかしい。

「すいません、まだ実家で……」

〈あー……いやちょっとあの、緊急事態で、対策練りたかったんですよね〉

「対策？」

〈あのー、例のよその出版社の、あらすじが似てるっていう本。あれ一冊うちに届きましてね。読んだんですけど……〉

胸のうちに、ざわざわとした不安が膨らんでいく。

〈似てるなんてもんじゃないんですよ。ストーリーがまるまる同じで〉

「え？　同じって？」

〈ええ、キャラクターから展開まで全部です。いや、もちろん文章は違いますよ？　先生の方がこう、ライトっていうか。ただ舞台になってる町も同じで……〉

舞台になっている町。尾道のことだ。そこまで共通点が揃ってしまったら、編集部としてはもう「気にするな」とは言えなくなったのだろう。

〈先生、なんか、心当たりありませんか〉

「ないです。まったく」

〈……で、す、よねぇ〉

佐野さんの歯切れの悪い返事からは、私の答えに納得がいっていない様子がありありと伝わってくる。確かに、向こうから見れば私が何か隠しているように思えるだろう。

だけど、あれは本当に私が書いたのだ。一〇年前の夏、私が実際に体験した、保彦と二人の秘密の物語。あの小説だけは、世界中で私にしか書けないはずなのだ。

「私、初稿は五年前に書いてて」

〈向こうの小説、持ち込まれたのが七年前らしくて。あと、それとは別に、先生の『少女

は時を翔けた』が、盗作だって投書も届いてて……今、編集部が揉めてるんですよ〉

盗作、という言葉を聞いて、私の頭にかっと血が上る。

「私のはオリジナルです！　だって、」

「美雪！」

だってあれは実話なんだから、と言ってしまいそうになったその瞬間、階下から、お母さんの声が私を呼んだ。

「章介さんよー！」

……章ちゃん？　どうして？　章ちゃんは東京にいるはずなのに。

「すいません佐野さん、ちょっとだけ待っててもらえますか」

通話を保留にして、ふすまを開けて覗いてみると、階段の下に、大きな荷物を持った章ちゃんが立っていた。

章ちゃんは不安そうな眼差し（まなざし）で私を見上げて、でも、いつもの優しい声で言う。

「俺が、嫌になったとかじゃないよな？」

「……違うよ」

「昔の恋人に再会したとかでも、ないよな？」

ただでさえいろんなことが起きすぎてパンク寸前の頭に、章ちゃんにまでそんなことを言われて、私は一瞬自暴自棄な気持ちになってしまう。

「……そうかもね」

性格の悪いその返しを聞いた章ちゃんは、だけど怒ったり軽蔑したりすることはせず、ただ自分のした質問を反省した様子で私に頭を下げた。

「ごめん」

その優しすぎる謝罪を聞いて、頭に上った血が一気に引いていくのを感じた。

こんな優しい章ちゃんに、私はなんて態度を取ってるんだ。そもそも私がなんの説明もせずに、黙って何日も帰らないのが悪いんじゃないか。章ちゃんは何も悪くない。章ちゃんはこんなにも、私のことを思ってくれているのに。

私の中に、章ちゃんに対する悔悟と感謝の念が湧き上がってくる。

決めた。私はもっと、章ちゃんを頼ることにしよう。私が選んだ、愛する夫を。事態はもう、私一人ではどうにもならないところまで来ているのだ。

そう決めたら、少しだけ心が軽くなったようだった。

「こっちこそ、ごめん。まだ、仕事残ってて。もうちょい待ってて？」

「わかった」

聞きたいことは山ほどあるだろうに、章ちゃんはただ頷いてくれた。

私は部屋に戻り、保留したままだった電話を再び繋ぐ。

「すみません佐野さん、お待たせしました」

〈いえいえ。大丈夫ですか？〉

「はい。それで、一つお願いがあるんですけど」

○

佐野さんに許可をもらい、私は章ちゃんに、今『少女は時を翔けた』を巡って起きている問題と現状を打ち明けた。

とはいえ、さすがにあれが実話だということは話していない。章ちゃんに話したのは盗作にまつわる部分だけだ。内容が全く同じだというもう一つの原稿の存在。『少女は時を翔けた』が盗作だと主張する投書のこと。

本来なら部外者に話していいことではないが、章ちゃんはある程度事情を知っているし、何よりも私の夫だ。佐野さんもその辺を考慮してくれて、話す許可をくれた。

縁側で私の話を聞き終えた章ちゃんは、しばらく黙っていたかと思うと、突然洟をすすり始めた。見ると、真っ赤に染まった目に涙がにじんでいる。

「どうしたの？」

「いや……美雪が……俺に相談してくれたんだなって」

心の底から嬉しそうに、そんなことを言ってくれる。

「……大げさでしょ」

思わず笑いながらも、心の中が温かくなるのを感じた。私は、この人のこういうところを好きになったんだ。

「よし、任せろ。とりあえずいろいろ調べるわ。向こうの身元と、その小説が書かれた経緯と」

「できるの？」

「出版関係のツテ辿ってみる。作者本人がやると、いろいろとややこしいし」

章ちゃんの仕事は建設業で、出版関係者というわけではない。ならばなぜ業界にツテなどがあるのかというと、以前とある大物作家の新築工事を担当して以来、その作家のロコミで評判が広がり、今では出版業界お抱えの建築家のようになっているのだ。

業界の人には同業者に言えない悩みや愚痴などが多いらしく、章ちゃんは仕事のついでにお酒に誘われてはそんな話を聞かされ続け、いつの間にかちょっとした事情通のようになってしまったというわけだ。

それってどうなの、と思わないでもないけど、今回はそれが私の助けになってくれそうだ。今は素直に感謝しておこう。

「ありがと～章ちゃん！」

「よし！」

一発気合いを入れて章ちゃんは立ち上がり、さっそく動き始めた。

しかし途中で足を止めて、私の方を振り返る。

「ってか、最近、クラスメイトによく会ってるじゃん。それ、大丈夫？」

「大丈夫って？」

「アイデアをぽろっと話したりとかさ」

そう言われて、虚をつかれた思いがした。

確かにここ最近、小説や出版関係のことで、何かを聞かれたり頼まれたりすることが何度かあった。まさか、あれらが何か、この件に関わっているのだろうか？

「気をつけろよ」

そんな馬鹿な、とも思う。だけど、それに越したことはない。

「うん」

素直に頷いた私に、章ちゃんは安心した表情を見せた。

「あと……」

そして最後にもう一つだけ、私に問いかける。

「これってフィクションだよな？」

「……当たり前だよ」

やっぱり、そこだけは、言えなかった。

◯

夕暮れの町を目的地を決めずに歩きながら、私は頭を整理する。

何が起きている？　小説が出ないと、未来の保彦に繫がらない。そうなると保彦が私たちの時代に来ることもなくなって、あの夏が始まらない。

だけど、あの夏を過ごした私は実際に今、ここにいる。

だったら、小説は出るはずで。

でも、小説が出たのなら保彦は私たちの時代に来て、一〇年前の私が来るはずで……。

いやでも、そんなことを言うならそもそも、保彦が来たから私は小説を書いた。でも、私が小説を書いたから保彦が来た。いったいどっちが先なのだ？　卵が先か鶏が先か、という話を思い出す。絶対的なパラドックス。

それともまさか、私の知らないところで、過去が変わっている？

「先生。新作の構想中ですか？」

物思いにふけっていたところに突然声をかけられて、私はびくりと振り返る。

「……なんで」

そこに立っていたのは、数日前に一緒に飲んだ敦子と、数年ぶりに会う茂だった。

「ビビりすぎ！　同窓会の打ち合わせしてたの」

「久しぶり。美雪」

茂の懐かしい顔が、私の名を呼んで笑う。

そして私は思い出す。一〇年前の夏祭り。二人で一緒にいた私と保彦を見て、今と同じ顔で笑っていた茂を。

茂は恐らく、あの夏の私と保彦の関係に、唯一気づいていた人間だった。

○

閉まっている校門を乗り越えて、懐かしい校舎の前に立つ。

同窓会の打ち合わせをしていた茂と敦子は、昔の話をするうちに盛り上がってしまい、母校への侵入を画策したそうだ。その途中に偶然私を見つけたらしい。一緒に来いよという悪魔の誘いに、葛藤の末、私は負けてしまった。敦子だけなら断っていただろうけど、茂がいるなら大丈夫だと思ったからだ。それに「夜の学校に忍び込む」という文学的な響きに抗(あらが)えなかった。

すっかり日は落ちて辺りはもう真っ暗だ。ここに通っていたときでも、こんな時間の学校を見たことはない。なんだか少しだけ、不思議な空間に迷い込んでしまったような気がしてくる。

「同窓会、参加ありがとう」

前置きもなしに、茂が話し始めた。

同窓会の幹事である茂は、私からの不参加の返信を受け取っているはずだ。ここに誘われたときから、きっと説得されるんだろうなと覚悟はしていたが、まさか問答無用で「参加ありがとう」とは。

「勝手に決めないでよ」

「え、まさか来ないつもり？」

驚いている敦子。彼女は彼女で私が来ると思い込んでいたのだろう。もしかしたらその席で、また編集者を紹介しろとせがむつもりだったのかもしれない。それを考えるとやっぱり行きたくないのだけど。

「お前が来たらみんな喜ぶからさ」

そんな風に茂に言われると、迷ってしまう。私だって、みんなに会いたいという気持ちはもちろんあるのだ。

「でも今さらさぁ」

「頼むって！　三年四組全員出席は、俺の悲願なんだよ。な！　頼む」

茂は私を拝むように両手を合わせる。いかにも茂らしい望みだ。

昇降口まで移動する。当然ながら校舎の扉は固く施錠されていた。さすがに、物理的にも心理的にもその扉をこじ開けることまではできず、私たちはその場で買ってきた飲み物を開ける。

「ねー、美雪も同窓会おいでよ。人気者だよ？」

敦子による的外れの説得。やっぱり行きたくない気持ちが増してくる。

だけど、次に敦子が口にした名前で、私の心は大きく揺れた。

「だって茂、友恵まで呼んだんだよ」

「……うそ」

友恵。私が一番再会したい相手。私の、かつての親友。

「東京からわざわざ。すごくない？　茂が新幹線代出すって」

「そこまでする？」

「……ま、あいつは幼なじみだしな。今来たら普通に楽しいだろうし」

そう言って茂は、穏やかな笑みを浮かべる。

学生時代を思い出す。茂はいつもお節介で、誰に対しても優しかった。

あの頃の友恵は、教室では「近づくなオーラ」全開で、積極的に友恵に話しかける生徒は誰もいなかった。

そんな中、茂だけは何かと友恵を気にかけていた。

友恵はたまに、馬鹿な男子生徒に地味な嫌がらせをされることがあった。そんなときは決まって、茂がさりげなく助けていた。

いつからか友恵も、茂とはたまに話すようになっていた。どれだけ無視してもまた話しかけてくる茂に根負けしたのかもしれない。あのクラスで友恵が世間話をする相手なんて、私と茂だけだったんじゃないだろうか。

そう言えば、茂は保彦にも優しかったな。転校してきたその日、保彦は移動販売のパンをお金を払わずに持っていこうとした。それに気づいた茂が慌てて保彦を呼び止める。そして、お金がないと言う保彦の代わりに、しょうがないなと払ってあげていた。

普通なら「なんだこいつ」となってもいいところだ。いや、茂もそうは思っただろう。だけど茂は、そこから仲良くなろうとするからすごい。それ以来、茂と保彦が親しそうに話しているのを何度も見たことがある。

基本的に、友恵が同窓会に来るとは思えない。でも、そんな茂が熱心に誘ったのであれば、可能性はあるのかもしれない。

もし友恵が来るのなら、私も……。

「……てか、友恵も東京なんだ」

初めて知った友恵の近況に驚く。まさか同じ東京にいるとは思わなかった。

どこに住んでいるんだろう？　うちと近いだろうか？　もし同窓会で再会して、仲直りできたら、東京で一緒に遊べたりするかな？

「美雪はどうなんだよ、小説。順調？」

ささやかな妄想は、茂の声にかき消された。急に現実のいろいろな問題を思い出し、一気に気が沈んでしまう。

「いや……順調っていうか……」

なんと言えばいいのだろう。というか言えるわけがない。

「なに、スランプ？」

「そういうんじゃないけど……や、大丈夫」

「えー、ちょっとなになになに。大丈夫なの？」

「大丈夫だから」

本当に私を案じてくれている様子の茂に対し、敦子の言い方はどうにも神経に障(さわ)ってしまう。つい刺々(とげとげ)しく言い返してしまう私。それを察したのだろう、茂がさりげなく敦子を抑えてくれる。

「まままま、美雪先生も調子悪いときあるから」

だけど、同級生に先生と呼ばれるのは、嬉しくない。

「ないでしょー、言ってよ美雪先生～、てかさ、編集の人はどうなったのよ」

「なに、編集の人って」

ああもう、なんで敦子ってこんなに空気が読めないんだろう。高校のときからこうだったっけ？　こうだったんだろうな、どうせ。

「もう、いいから！」

無性(むしょう)にイライラして、ついに私は感情のままに叫んでしまった。

「……ほんと大丈夫？」

まるで他人事(ひとごと)みたいな敦子の声。自分のせいだなんて思ってもいない。

「軽く飲み行くか？」

茂はきっと、本当に心配してくれているのだろう。だけど今は、その気遣いすら煩わしかった。

「……ごめん。今日帰るね。また」

一方的に言って私は立ち上がり、二人に背を向けた。もうここから逃げ出したかった。

「同窓会、来いよ！　待ってるからな！」

「待ってるよ〜！」

背後から聞こえる声に、耳を塞いでしまいたかった。

◯

夜の海沿いのデッキ。

「なんか、みんなのこと信じられなくなってきて」

私は章ちゃんを呼び出して、愚痴を聞いてもらっていた。

章ちゃんはベンチに座り、小さい瓶ビールをラッパ飲みしながら返事する。

「あんまさ、気にすんなって」

「章ちゃんにも関わることなんだよ!?」

「……まぁ、そうだけど。この物語はお前のものだろ？」

私の剣幕に戸惑う章ちゃん。またやってしまった。私はすぐ反省する。小説が出ないと私と章ちゃんが出会えないというのは、章ちゃんにとってはあくまでもフィクションの中の話だ。章ちゃんは現実の盗作問題の話をしているだけ。私と章ちゃんの間に温度差があるのは当たり前なのに。

どうも、章ちゃんのことを頼ると決めて以来、急に甘えるようになってしまっている。気をつけないと。

私のスマートフォンが震えた。メッセージじゃない、通話の着信だ。相手は見なくてもわかっている。

「ああもう、鈴子……」

ここ数日、新作の原稿を読ませてくれとメッセージと通話の波状攻撃。うんざりする。

「もう、本当にしつこい……！」

一言言ってやろうとしてスマートフォンを取り上げると、章ちゃんが横からそれを奪い、電源を切ってしまった。

少し冷静になる。きっとこのまま電話してたら、鈴子にとても酷いことを言ってしまっていた。それは本意ではない。

「ごめん」

謝る私を責めるでもなだめるでもなく、章ちゃんは表情だけで私を安心させてくれる。なんて頼りになる人だろう。

「そうだ、調べてて、気になるサイトが一個」

私が落ち着くのを待って、章ちゃんはタブレットを操作し始めた。その画面に表示されたのは、どこかの小説投稿サイト。

章ちゃんが見せてきた小説のあらすじに目を通す。


２００９年夏、突然現れた転校生。

彼は「２３１１年の未来からやってきた」という。

驚く私。

そんな私を無視して彼は言う。

「この時代を案内してくれないか？」

そして始まった私と彼の夏の物語。

未来人の彼は2009年の全てのものに驚き、その反応で、彼が未来人であることを周囲からバレないために四苦八苦する私。そんな純粋な彼に私は惹かれていく。そんな彼と私のひと夏の物語

「……何これ」

そのあらすじは、私の『少女は時を翔けた』と……私が過ごしたあの夏と、まったく同じだった。

「コメントで酷評されてて、以来、書いてないっぽい」

画面をスクロールさせ、読者からのコメント欄を表示させてみる。

〈才能がない〉

〈もう隕石が落ちてきて終わりでいいよ〉

〈まず自分で読んでからあげてください。人に読ます文になってない〉

〈国語の授業受けなかったの？日本語になってないよ〉

〈時間返せ〉

〈もう書くな〉

そのあとも、作者の心を折るには十分すぎる罵詈雑言が続いている。

そのままスクロールしていくと、最後に作品タイトルと著者名が表示された。

『翔ける、少女は時を』　作者　西山晴子

「晴子⁉」

あまりの驚きに、思わず声を出してしまった。

「知ってんのか？」

「うん。西山晴子、同級生……けど、小説書くようなタイプじゃないよ。ソフトボール部とかだし」

「その子になんかアイデア話したりしたか？」

「してない……はずだけど」

どういうことだ？　今回の盗作騒動には私のクラスメイトが関わっているかもしれない

とうっすら想像はしていた。何人か、怪しいと目星をつけていた人物もいる。しかし、晴子の名前はかけらも頭に浮かばなかった。

もしかしたら、誰かが勝手に晴子の名前をペンネームにしただけかもしれない。だとしても、さすがにまずは晴子に話を聞く必要があると思った。

「ごめん章ちゃん。ちょっと行ってくる」

「え……おい！」

いてもたってもいられず、私は走り出した。

晴子はこの町で、実家の理髪店を継いだと聞いている。私も昔お世話になったことがあるので場所は覚えている。ここからそう遠くない。

「気をつけろよ！」

章ちゃんの声を聞きながら、私は走った。

◯

閉店間際らしい理髪店の扉を押し開ける。

客だと思ったのだろう。エプロンをつけた晴子がこちらを振り向いて、

「あ、すいません今日はもう……」

　と言いかけて、私を見て動きを止めた。

「……え、美雪？」

「久しぶり」

「久しぶり！」

　ぱっと笑顔を浮かべる晴子。だけど私には、再会を喜ぶような余裕はなかった。

「ちょっと、聞きたいことがあるんだけど」

「……なに？　顔怖いよ。ま、座って。今、店閉めちゃうから」

　晴子は笑いながら、用具の手入れを始める。私はそれを待たずに声を投げる。

「晴子さ」

「うん？」

「小説、書いてたでしょ。投稿サイトに」

　晴子の手が、止まった。

「……ああ。それが、どうかした？」

　沈黙のあと、あっさりと認める晴子。

　あれは本当に、晴子が書いたんだ。

「あれって、どうやって思いついたのかな？」

「……いやいや、創作でしょ。もう書いてないし」

思い出したように作業を続ける晴子。だけど、明らかに動揺している。

「創作じゃないでしょ？　ねぇ、知ってた？　園田くんのこと」

晴子に詰め寄り、その腕を摑む。逃がさない、という念を込めて。

「……ちょっと、怖いんだけど。やめてよ」

私の手を振り払って逃げる晴子。だけど私は追いかけて、窓際に追い詰める。がしゃん、と大きな音がする。

「私さ、困ってんだよね。教えてくんない？　本当のこと」

晴子は何も答えず黙り込む。私はその顔を睨みつける。

長い沈黙を破ったのは、私でも晴子でもなかった。

「おお、美雪だ」

後ろから聞こえた声に振り返る。

そこにいたのは、数日前に喫茶店で見た、元クラスメイトの土井だった。

そしてその傍らには、小学校低学年くらいの男の子も立っている。

「ママ〜？」

「あ……ごめんごめん。お腹すいた？」

晴子は私から離れて子供に駆け寄る。

……そうだ。この二人、結婚して子供もいるんだった。

入れ違いに土井が近づいてきて、不思議そうに首を傾げる。

「え、どうしたの？」

「あ、ううん！　ちょっと、話があって」

慌てて笑顔を取り繕う私。晴子は子供を抱っこしながら、私のことを紹介する。

「ママのお友達」

「ほら、ちゃんと挨拶して」

「こんばんわ〜」

精一杯の笑顔を作ってその子に挨拶を返す。

さすがに、この家庭を騒がせる権利が私にないことくらいは理解できた。

○

途方にくれて実家に帰る道の途中、佐野さんからメッセージが届いた。

〈出版、駄目になりました。取り急ぎ。〉

終わった。

壊れてしまった。因果の流れが。

どうしよう。あの夏はどうなってしまうのだろう。このままずっと、始まらないままなんだろうか。

私と保彦は出会わなくて、だから私は小説家にもならなくて、だから章ちゃんとも会えなくて。

泣き出したい気持ちで顔を上げると、実家の灯りが見える。

あの灯りの下で、章ちゃんは待ってくれているだろうか？　もしかして、もういなくなっているんじゃないか？

たまらなく不安な気持ちになって、早く家に帰ろうと駆け出そうとする。

「かえして」

突然聞こえた声に、私は足を止めて振り向いた。

「……鈴子？」

道の向こうに、まるで幽霊のように佇む鈴子の姿があった。

鈴子は私に近づいてきて、いきなり私のバッグをひったくった。

「かえしてよ！」

意味のわからないことを言いながらバッグをあさり、そこに入っていた『少女は時を翔けた』の著者見本を取り出す鈴子。そしてその場で、すごい勢いでページをめくり始めた。

「……やっぱり……ここも……ここも……ここも！」

鬼気迫る様子の鈴子に恐怖を感じ、私は一歩も動けない。

「なんで？　なんで美雪が、私の物語を知ってるの⁉」

そして鈴子は自分の鞄の中から何かを取り出し、私に押し付けてくる。

それは、原稿用紙の紙束だった。

表紙に印刷されたタイトルは、『少女、翔ける、時』。

著者名には、林鈴子とあった。

原稿を受け取り、震える手で私はそれを開く。

中に書かれていたのは、間違いなく、あの夏の物語だった。

ただ、完全に同じではない。文章は全然違うし、細部の展開も異なっている。

例えば、私が最初に保彦のタイムリープを目撃したのは図書室だったけど、この本では女子テニス部の部室裏になっている。ロープウェイに乗ったのは同じだけど、その前にクラスメイトの安達と坂東に見つかって記憶を消したシーンがなくなっている。その代わり、別の日にクラスメイトの女子生徒にデートを見られて記憶を消すシーンがあった。また、保彦から「僕はこの本を読んでこの時代に来た」と告げられるのが、千光寺じゃなくて学校のテニスコートになっている。夏祭りでは、射的(しやてき)ではなくて輪投げをやっていた。

そして、運命の七月二一日。私は図書室で保彦とキスをして別れたけど、この本では部室裏になっていて、キスはせずに抱きしめるだけで別れていた。

ちなみに『少女、翔ける、時』の主人公はテニス部で、鈴子も高校時代はテニス部だ。

なんだ、これは？

これは私の物語のようで、違う。

とてもよく似ているけど、これは別の誰かの物語だ。

「どういうつもり？　私の話、勝手に書いといて」

そう言ったのは、私ではなく鈴子だった。

「待って、待って待って……私もそうなの。私も体験したの」

「よく言うわ。出版するんでしょ？　私より先に！」

「できないの、出版！　……できなくなったの」

私のその言葉に、鈴子も眉をひそめる。

鈴子が嘘をついているようには思えない。おそらく、鈴子も私に同じ印象を抱いたのだろう。じゃあ、これはいったいどういうことなのか。私も鈴子も、ただ黙って考え込む。

先に考えがまとまったのは、私だった。曲がりなりにも四冊の小説を出版してきた作家としての経験が、辻褄の合う一つの答えを導き出す。それは、できれば間違いであってほしい、とても信じたくない仮説だった。

だけど、このままいつまでも黙っているわけにもいかない。

「……ねえ」

私はその考えを、鈴子に話すことにした。

「私たち、二股掛けられてたんじゃない？」

「……はぁ？」

鈴子が、何を馬鹿なことを、とでも言いたげに顔を歪める。私だってそう思いたい。

だけど。

「だから……保彦が、うちらに同じことを」

二冊の小説の違いがそれを示している。保彦はそれぞれ違う時間、あるいは違う場所で私たちと会っていた。私たちはそれぞれ、その体験を忠実に再現した小説を書いた。そう考えると、辻褄が合ってしまうのだ。

鈴子はしばらくの間、私の説について考えているようだったけど、ふと気づいたように顔を上げた。

「じゃあ、花火は？　一緒に見てないの？」

「え？」

鈴子のその言葉が、私の説を打ち壊したのを悟った。

普通の会話やデートなら、時間や場所をずらすことは可能だ。図書室をテニスコートにしたり、ロープウェイに乗るのを午前と午後にずらしたり。そうやって私と鈴子がかち合わないように、うまいこと二人同時に付き合うこともできるだろう。

だけど、花火は無理だ。あの花火は、あの日、あの時間にしか見られない。私は花火が上がり始めてから終わるまで、間違いなく保彦と二人だった。

「……見たけど」

二股でないなら、残る可能性はもう二つしかない。

鈴子が嘘をついているか、あるいは――

「……美雪、おかしいんじゃないの？」

――私の記憶が、狂っているのか。

「なにしてんだー？」

遠くから、優しい声が聞こえた。

顔を向ける。

家の二階のベランダから、誰かがこっちに手を振っている。

ああ、章ちゃんだ。

そこにいてくれた。私を待っていてくれた。

今はそれだけが、私の正気を繋ぎとめる最後の糸だ。

すがるように章ちゃんを見つめる私に、鈴子が詰め寄ってきて。

「絶対、許さないから」

そう言い残して、走り去っていった。

〇

窓際に座って煙草をふかし、月にかかった叢雲のようにその紫煙をくゆらせる。久しぶりに吸ってしまった。長いこと止めていたのに。

「寝れない？」

寝ていたはずの章ちゃんが、いつの間にかこっちを見ていた。

「ごめん、起こした？」

章ちゃんは静かな笑みでそれに応える。

「明日、どっかメシ行く？」

下手な慰めを口にしない、章ちゃんの優しさが嬉しい。もうややこしいことはすべて忘れてしまって、章ちゃんと一緒に東京に帰ろうか、そんなことを思ってしまう。

だけど、私は首を横に振った。

「ううん。同窓会だし」

さっき茂に連絡して、やっぱり参加すると伝えていた。

同窓会に参加することで、なんらかの形で、けりがつくように思えたのだ。

「本当に行くの？　無理すんなよ」

「いいんだよ、もう」

煙を吸って、吐き出す。

亜由美も敦子も来る。唯も、晴子も、そしておそらく鈴子も。

今、私が会いたくないすべての人が、同窓会には来るはずだ。

そして、友恵。

友恵は、来るだろうか？

「ねぇ章ちゃん。なんかあったら、ごめんね」

これから何が起こるのか、私はもうまったくわからない。

だから、わからないけど、章ちゃんに謝っておきたかった。

私の意味のわからない謝罪を、章ちゃんはどう受け取るのだろう？　怖くなって、背中を向けてまた煙を吸い込む。脳の奥がじんと痺れて、苦悩が溶けていくような酩酊感。

章ちゃんは、しばらく黙り込んだ後。

「昼に、ラーメンだな」

思わず、吹き出してしまった。

顔を向けると、章ちゃんはにやりと笑ってこっちを見ていた。

「なーんもねーよ。なんもねーだろ」

ああもう、章ちゃんはすごいな。本当にすごい。

「……そっち行っていい？」

私は煙草をもみ消して、章ちゃんの布団に潜り込む。

そして、子供のようにその胸にしがみついて、眠りに落ちた。

二〇一九年　七月二七日

同窓会の会場へ向かう途中、ふと書店の店頭が気になって足を止めた。

この書店が推している本らしく、店先に面陳列されている新刊に手書きのＰＯＰがついており、そこにはこう書かれている。

地元尾道出身の新進作家　高峰文子　堂々の文壇入り!!

飾り気のない、灰色一色の表紙の真ん中に、縦書きで小さく『エンドレス・サマー』と書かれている。

私はその本を手に取って、ぺらぺらとめくる。

「美雪？」

　私を呼ぶ声に、ページを繰る手を止めて顔を上げる。

　目に入ってきたのは、赤が強めのラベンダーピンクに染められた、ミディアムウルフのヘアスタイル。

「……友恵？」

　黒いサマーニットに、落ち着いた花柄のロングスカート。シックだけど地味ではない、大人の装いに身を包んだその姿は、あの頃とは全然雰囲気が違う。

　だけど私は、それが友恵だとすぐに気づいた。

「ごめん、邪魔した？」

　そう言って友恵は柔らかく笑う。

　そうか。来たんだね、友恵。

「ううん」

　私は本を本棚に戻し、数年ぶりに、親友と笑い合った。

「美雪も同窓会、行くんでしょ？　一緒に行こう」

「うん。行こう」

　そうして私は友恵と一緒に同窓会の会場へ向かうことにした。

その道すがら、私たちは昔のように言葉を交わす。

「読んだよー？　今までの本」

「うっそ。恥ずかしいな」

からかうように言う友恵に私ははにかむ。友恵から本の感想を聞くのは大好きだったけど、それが自分の本となると話は違う。

「ちゃんと面白かったよ。ま、細かくはいろいろあるけど」

「なに、ダメだし？」

「プロに言うことじゃないよ」

思っていた以上に、自然に話せていることに驚く。いろいろとあったから、もっと気まずくなるかと思っていたのに。

「友恵は？　元気でやってた？」

「うん。まあまあ」

「てか、東京にいるんだったら連絡してよ。私も東京だし」

「うん」

笑顔で頷く友恵。

東京に帰って、友恵から連絡が来て、二人で本をすすめ合って、同じ本を読んで、喫茶店で感想を語り合って。

そんな未来が、あったらいいな。

「あ、次の新刊っていつ出るの？」

「ああ……今それが、トラブってて。書いてたやつが出せなくなっちゃって」

私がそう言うと、友恵は一瞬言葉をなくしたようにして。

「へぇ、大変だね」

そう言って笑った。

「悔しいから、高校の図書室に寄贈してきた」

それを聞いて、友恵は目を丸くする。

「すご。そこでしか読めないんだ」

本が出せなくなったことより、そっちの方に食いついてくる友恵。今日会ってから一番の笑顔を浮かべている。だから私も満足した。

「うん。世界で一冊だけの本」

そんな話をしながら二人で歩いていると、やがて会場のカフェバーが見えてきた。

「あ、美雪ー！　よかった来てくれて～！」

同窓会の看板を持って手を振っているのは敦子。その隣には唯、亜由美と、例の三人組が揃っている。

晴子と土井の夫婦も来ていたので、私はまず晴子に顔を向けた。

「昨日はごめんね」

「ううん」

晴子が笑ってくれたので、ひとまず胸を撫で下ろす。冷静に考えて、昨日の私はかなり迷惑だった。

結局、晴子の小説の謎は解けないままだ。鈴子から話を聞いていて、それを書いたとか？　今日、何か少しでもわかるといいのだけど。

続いて唯が私に向かって手を振る。

「こないだぶり美雪先生〜。えっと……」

私に挨拶した後、唯は友恵に目を向けて止まった。

気まずそうに目が泳ぐ。誰だかわからないらしい。

「待って、えっと」

「お久しぶり」

先制して友恵が声をかけると、気づいたのは亜由美だった。

「うわ、友恵だ」

そう言って乾いた笑いを漏らす。まぁ、初めて書いた小説をけちょんけちょんに酷評された相手だ。これぱっかりは、友恵の方も悪かったと思う。

亜由美に言われて唯も思い出したようで、気まずそうに亜由美をたしなめる。

「うわってことないでしょ……あ！」

「あ〜久しぶり〜！」

到着した別のクラスメイトを見つけ、三人組はそっちに駆け寄っていく。もう友恵のことなど見えていないようだった。

「変わってないね、あの人たち」

見ると、友恵は特に気にした風もなく、盛り上がるクラスメイトを眺めて笑みを浮かべている。

何を思っているのかは、聞かないことにした。

○

「かんぱーい！」

『かんぱーい！』

担任だった細田先生の掛け声に合わせ、生徒たちがグラスを掲げる。

まったく、これで何度目の乾杯だろう。少し前から付き合いきれなくなって、私は少し遠巻きに全体を見渡していた。

茂の頑張りのおかげで、本当にクラスメイト全員が参加を果たしていた。だいたいは高校のときと同じようなメンバーで固まっている。印象が大きく変わった人はちょっと人気みたいだ。例えば鈴子は眼鏡を外してコンタクトで来ているため、一瞬誰だかわからなかったとよく声をかけられている。まぁ、私とはまだ話していないけど。それはそうか。絶対に許さないって言われちゃったからな。

そして友恵は奥のカウンターで、あの頃のように一人で本を読んでいる。誰も声をかけようとしないし、友恵も懐かしい「近づくなオーラ」を纏(まと)っている。私も別に、無理に誰かと話させようとは思わない。友恵はあれでいいのだ。

それに、私も今はなるべく友恵には近づかないようにしている。その理由は。

「先生〜! お久しぶりです〜!」

「作家先生〜!」

「あ、うん、久しぶり」

出来上がった安達と坂東の二人組が、案の定絡んできた。絶対に面倒くさい絡み方をしてくると思っていたのだ。

　この二人は高校時代、友恵に地味な嫌がらせをしていた二人だ。さすがにもう大人なのだからそんなことはしないだろうと思いたいけど、やっぱりなるべく友恵には近づけたくなかった。

「え、誰か芸能人とか会った？」

「てか、なんかドラマ化の話とかないの？」

「いやいや、ないないそんなの」

「はいウッソ〜」

「そんときさ俺、通行人で出させてよ〜」

「はは。そんな権力ないから」

　はいめんどくさい。もうめんどくさい。

　適当にあしらいながらさりげなく二人から離れ、友恵は大丈夫だろうかとカウンターの方を見た。相変わらずの対人バリアを張っている。

　するとそこへ、あの頃のように、バリア無効化能力を持っているらしい茂が友恵に声をかけていた。

「友恵、飲めんのか？」

友恵は本から目を上げて、茂に向き直る。

「ちょっとなら」

「じゃあ一杯ぐらい飲む？　無理にじゃねーけど」

「……うん」

そうして友恵は、読んでいた本に栞を挟んでぱたんと閉じた。

友恵に本を読むのをやめさせられる人間を、私は茂以外に知らない。うん、これなら友恵はしばらく大丈夫そうだ。

安心したのも束の間、私の視線の間を鈴子が横切った。

鈴子は一瞬こちらに目を向けて、すぐに目をそらして去っていく。

……鈴子とも、このままじゃいけないんだろうけど。

「美雪」

続いて声をかけてきたのは、元委員長の唯だった。

「メールまだ来てないんだけど」

「あ、ごめん」

そう言えば、唯には編集者を紹介すると言ってしまっていた。

「今日帰ったら送ってね、絶対」

「うん」

　あのときは面倒くさくなって適当に頷いてしまったけど、やっぱり断っておくんだったと今になって後悔する。なんとかなかったことにできないだろうか。

「でもやっぱみんな老けたよね～。ほら、細田先生なんて初老だよ」

「あはは」

　先生の方を見ていると、視線に気づいたのかこちらを向いたので、慌てて頭を下げた。先生が楽しそうなのが、唯一の救いかもしれない。

　やがて一次会は終わりの時間が近づき、二次会は生徒だけということだったので、みんなで先生を囲んで記念写真を撮ることになった。

「みんなさー、もっと先生の近くに寄って！」

「あー、そこ切れてる！　土井と友恵！」

　敦子と茂の仕切りで全員が並んでいく。本当なら、こういうのは室井くんの仕事だった。室井くんが亡くなる前、茂はずいぶん室井くんのことを気にかけていたらしい。だからきっと、室井くんの代わりを務めているのだろう。

　私たちの真ん中で、細田先生は嬉しそうににこにこしている。

「でもすごいなぁ、こんなに集まるなんて」

「敦子のおかげだよ〜！」

「知ってるわ！」

「好きです！」

「ちょっと待ったぁ！」

お酒の入ったみんなはすっかりテンションが上がっていて、完全に私の苦手なノリになっている。だからと言って水を差して場をしらけさせるつもりもないので、私はただ黙って撮影が終わるのを待っている。

喧噪（けんそう）の間隙を縫うように、細田先生が口を開いた。

「そう言えば、転校生の園田君っていたろ。園田、保彦くんだっけ？　彼にも、会いたかったけどなぁ」

その途端。

会場が、水を打ったように静まり返った。

「……何？　みんな、どうした？」

戸惑ってきょろきょろとする細田先生。誰もが一様に表情を硬くし、何も言わない。

なんだろう、この空気は。私や鈴子が気まずいのはわかるけど……。

その奇妙な沈黙を、茂が無理やりに打破する。

「先生、無理っすよ！　一ヶ月もいなかった奴ですよ？　ほら、先生が無茶言うから、シンとなっちゃったじゃないすかー！」

「ああ、そっかそっか」

細田先生がほっとしたように笑い、みんなもつられて笑い出す。だけど私は、なかなか笑顔を作れなかった。

「はいじゃあいくよ！　5、4、3、2、1……」

茂がセルフタイマーをセットして、カウントダウン中に画角に滑り込む。

その手に持っているスマートフォンの画面に表示されていたのは、亡くなった室井くんの写真だった。

○

二次会のカラオケ会場で、みんなはコーラス大会のときに歌った曲を大合唱している。

ちなみに二次会の参加メンバーは、細田先生を除く全員だ。帰るつもりだった人もいたのだが、これまた茂が「二次会も絶対全員参加だ！」と、かなり強引にみんなの解散を阻止したのだ。

私は少し離れたテーブルで、ソフトドリンクを飲みながらみんなの歌を聴いている。同じテーブルには茂と亜由美、それに安達が座っている。別に示し合わせて集まったわけではなくて、ただなんとなく空いている席に座っただけだった。

茂は会場にいるメンバーの人数を何度も数え、全員いることを確認して、やっと肩の力を抜いた。

「よかった。全員揃ってる……」

心底安堵した様子の茂に、亜由美が呆れたように声を投げかける。

「そこまでしてさ、全員参加にこだわる？」

まぁ正直、そこは亜由美に同感だった。一次会はまだしも、二次会はもう自由参加でよかった気がするけど。

「寂しかったんだよなぁ茂、かわいい奴だなぁ」

「いや、それもあるけど！」

安達のからかいに恥ずかしげもなく答える茂。確かに、茂のそういうところはちょっとかわいいと思う。

だけど茂は、そこから急に居住まいを正し、真剣な表情を見せた。

「みんなに話さなきゃいけないことがあって」

「え、なになに？」

「あとでちゃんと話すけどさ……」

高校を卒業した一〇年後に、同級生全員を集めて話さなければいけないこと。それってなんだろう？　私も気になって耳を傾ける。

そして次の瞬間、茂の口から出た名前に、私は凍りついた。


「保彦のこと」


私だけじゃない。

亜由美も安達も、さっきまでの笑顔が完全に消えている。

「……保彦って」

「園田保彦」

私のつぶやきに、茂はこちらを見ずに答える。

「あいつと特別な思い出あんだろ」

頭がうまく回らない。

確かに茂は、私と保彦の関係に気づいていた。もしかしたら、保彦と仲が良かったから直接聞いていたのかもしれない。だけど、それをなんで今？　なんで私と保彦の思い出を、みんなに話さないといけないのだ？

亜由美も安達も、黙りこくって茂の話を聞いている。二人は何も知らないのだから、いったい何を言ってるんだと私とは別の意味で混乱しているのだろう。

私たちの沈黙の中、茂は話を続ける。

「悪いけど……それは一人じゃない」

……まさか。

茂は、鈴子のことを言っているのか……？

やっぱり保彦は、なんらかの方法で、私と鈴子の二股をかけていた。それを茂は、知っていた？　いや、もしかして、茂が協力していた？　二人が仲が良かったのはそのせい？　だとしたら、茂は今、自分と保彦がやったことをみんなに白状して、それを謝ろうとしているのでは？　だから全員を集めたがっていたのか？

作家としての習性なのか、私の頭は勝手にどんどんストーリーを作り上げてしまう。

しかし。

次に茂が言った言葉は、完全に私の予想外のものだった。

「二人でも、三人でもない」

「……なに言ってんの？」

ついに亜由美が、耐えられずに茂の言葉を遮った。

だけど茂は、それに被せるように勢い込んで続ける。

「わかってんだろ、あいつが未来人なのは。三〇〇年後の未来から来た」

……そんな。

茂は、そんなことまで知っていたのか。

じゃあ、茂は今からみんなに、保彦の正体を教えようとしているのだろうか？　なぜ？

それに、いきなりそんなことを言っても、何も知らない亜由美と安達はただの冗談だとしか思わないんじゃあ……？

そう思って二人の方を見る。

だけど。

亜由美も安達も、真剣な顔をしている。まったく疑っている様子はない。

いや、むしろ――「なんで知ってるんだ？」とでも言いたげな――。

「最初から、順番に話す」

そして茂は語り始める。もう一つの、夏の物語を。

「あれは、あいつが転校してきた次の日。一〇年前の、七月二日だった……」

第三章　終わる夏

二〇〇九年　七月二日　リライト前

コーラス大会の練習の歌声を、屋上に寝転びながら聴いている。

いい天気だ。こんな日はサボりたくなる。どうせ全員参加の日じゃないんだ、たまにはこんなのもいいだろう。

「茂くん」

うとうとしかけていたところに、急に名前を呼ばれて目を開けた。

「……おお、転校生」

身を起こす。

そこに立っていたのは、昨日うちのクラスに転校してきた男子生徒だった。

名前は確か、園田保彦。

保彦は前置きもなく、思いつめた表情で口を開く。

「君を見込んで、頼みがある。僕に力を貸してほしい」

「なんだよ、また金がねーのか？」

昨日のことだ。こいつは昼休み、あろうことか移動販売のパンを金を払わずに持っていこうとした。慌てて呼び止めると、金を持っていないと言う。だから仕方なく、代わりに払ってやったのだ。

小銭を貸すくらいはどうってことないが、クセになられたら困るな……なんてことを考えたが、保彦の相談はそんなレベルの困りごとではなかった。

「信じがたいことを言うけど、僕は未来人だ。二三一一年からやってきた」

……なんて？

「は？」

「タイムリープから抜け出せなくて困ってる。何度やっても、辻褄が合わないんだ」

「ちょっと待って。わけわかんねえ」

予想のはるかに外の外、完全に意味不明なことを言われて混乱する。こいつはなんだ、あれか、そういうキャラか？　いわゆる不思議ちゃん系の？

しかし俺はその直後、否応なしにそれを信じさせられることとなる。

訝しげな俺を視線で促し、保彦は屋上の隅へ歩いていく。俺がそれについていくと、保彦はグラウンドの一角を指さした。

そこには。

「あそこでサッカーしてる。一周目の僕」

そこには確かに、みんなとサッカーをしている、もう一人の園田保彦がいた。

「この時代へ来て初めての僕。楽しそうだろ」

「……お前、二人いんじゃん！」

「二人どころじゃない」

そう言って保彦は反対側へ。今度は中庭を指さす。そこには困ったように立ち尽くす保彦の姿がある。

「あれが二周目の僕。元の時代へ戻れなくて呆然としてる。で」

渡り廊下を指さす。何やら頭を抱えている保彦がいる。

「あれが三周目の僕」

「なにこれ……お前、何人いんの⁉」

「僕を入れて四人。今は四周目だ」

何を言ってるんだ、とは思いつつ、実際に四人の保彦を目にしてしまった事実を無視することもできず、なんとか状況を呑み込もうと努力する。

「あの、全然理解できてないんだけど。その、四周目とかってなんのこと？」

「僕もまだ混乱してるんだけど」

「おう……」

なるほど、混乱しているのは俺だけじゃないらしい。少し安心する。

「最初の僕、つまり一周目の僕は、昨日この時代へやってきた。ある小説を読んで、それに憧れてきたんだ。そして三日目に……」

違った。混乱の前提となる認識が、何か根本から違っているのを悟る。

「待て待て！　飛ばしすぎだろ！　聞いてやるから、ゆっくり順番に話してくれ」

「わかった、ありがとう。でも、どこから話せばいいのか」

「最初からだ」

保彦はしばらく黙り込んで、ゆっくりと話し始めた。

「僕は、今から三〇〇年後……二三一一年の人間なんだ」

「……おう」

いきなり突っ込みたくなったが、とりあえず、まずは聞くだけ聞くことにする。

「ある日、骨董品屋で一冊の古い本を見つけた」

言いながら保彦は、どこからともなく本を取り出した。表紙はボロボロで紙も完全に色あせている、かなりの年代物だ。

「めちゃくちゃ古いな」

「うん。だってこの本は、三〇〇年前……つまりこの時代に書かれた本だから」

なるほど。三〇〇年前だから、今か。

三〇〇年前と言うと……今の時代で例えると、江戸時代くらいの本ってことか？　だとしたら、むしろ状態はいい方なのかもしれない。いや、そんなことより他に考えることがあるような気もする。

「これは、この辺りを舞台にした学校小説なんだ。僕はこの本がとても気に入って、この時代の学校生活を体験してみたいと思った」

ドラえもんみたいな話だな。

「この本は、二〇〇九年の七月一日に、主人公が尾道の高校に転校してくるところから始まっていた。だから僕も、その日付にタイムリープしたんだ」

タイムリープ。聞いたことがあるような気がする。確か、二、三年前のアニメ映画でそんな話があった。

「……つまり、お前は三〇〇年後の未来から来たってことか？」

「うん。最初からそう言ってる」

「もしかして、三〇〇年後はタイムマシンが完成してるのか？」

「まさか。これを使ったんだよ」

そう言って、保彦はスティックのりのような筒を取り出した。親指でその頭を押すと、うぃーんと音がして筒が開き、中から紫色のカプセルが出てくる。

「……なんだこれ」

「タイムリープの薬。僕が発明した」

「発明した⁉　お前が？」

「うん」

こともなげに頷く保彦。なぜだか未来人だという話より信じられない。

「だってお前……まだ高校生だろ？　それとも、本当はもっと大人なのか？」

「僕は君たちと同じ年齢だよ。でも、大人とも言える」

「どういうことだ？」

なぞなぞのようなことを言われて顔をしかめてしまう。回りくどいのは苦手だ。

「三〇〇年後だと、一四歳が成人年齢なんだ。だから僕は大人だし、科学者として働いてもいる。二〇〇九年の成人年齢は……えっと、いくつだっけ」

「二〇歳だよ」

「ほんとに？　ずいぶん遅いんだね」

「そっちが早いんだよ」

確かに、大昔にはそのくらいの年齢で成人として扱われたと聞いたことがある。元服、だったか。何百年も未来の日本が、何百年も昔の日本の制度に逆戻りしているとしたら、まるで今の時代が間違っているような気がしてくる。

「……まぁ、わかったよ。信じないことには話が進まないからな。それで？」

「それで僕はこの薬を使って、二〇〇九年七月一日のこの学校にタイムリープした。そして担任の先生の記憶を操作して、僕を転校生だってことにしたんだ」

「こわ。そんなこともできるのかよ」

「もちろん、必要最低限にしかしないよ」

必要最低限がどの程度なのかは知らないが、こちらとしては記憶を操作される可能性があるだけで十分すぎるほど怖い。

そんな俺の恐怖には気づいた様子もなく、保彦は続ける。

「最初の二日は特に問題なく、僕はこの時代の学校生活を楽しんだ。問題が起きたのは七月三日だ」

「待て待て。三日って、明日じゃねぇか」

「そう、明日だ。僕はもう七月三日を三回経験している。正確に言うと、七月一日から七月二一日の二〇日間を、もう三周してるんだ。それで今が四周目」

「……続けて」

なんとか情報を頭に入れながら続きを促す。

「当然だけど、この時代には僕の家がない。だから僕は、学校が終わったら次の日の朝にタイムリープしてるんだ。それでまた授業に出てる」

「お前それ、いつ寝てるんだよ」

「一周目は授業中に寝てたよ。二周目以降は適当に人の来ない場所で寝てる」

そう言えばこいつ、授業中にやたら居眠りしてたな……で、二周目以降は一周目の自分が教室にいるから……頭がこんがらがりそうだ。

「話を戻していいかな？」

「あ、ああ。頼む」

「僕は七月二日の放課後から、七月三日の朝の理科室にタイムリープした。誰もいないと思ったんだ。ところが、そこには亜由美さんがいた」

「亜由美って……うちのクラスの増田亜由美か？」

「そう」

「見られたのか？」

「うん」

「ヤバいじゃん」

「ヤバい」

　だんだん順応しつつある自分を感じる。

「だから僕は、亜由美さんの記憶を消そうと思ったんだ。だけど、彼女の記憶を消そうとして、あることに気づいた」

「なにを」

「それが、この小説の冒頭とまったく同じ展開だってことに」

　例の古ぼけた本を目の前に掲げる保彦。

「……どういうことだ？」

「この小説の内容を簡単に説明すると、二〇〇九年の七月一日、この学校に三〇〇年後から未来人がやってきて、主人公は未来人がタイムリープする瞬間を目撃して、そして七月二一日までの二〇日間を共に過ごす、という内容なんだ」

　どこかで聞いた話だ。それも、たった今。

「それって……」

「そう。小説に出てくる未来人は、僕自身だったんだ。つまり、あの小説はノンフィクションだったんだよ」

「はぁー……」

ようやく少しだけ納得する。よくできた話だ。

「だから僕は、亜由美さんの記憶を消すことをやめて、それからの日々を亜由美さんと一緒に過ごすことにした。亜由美さんはその出来事を小説に書いて、それが三〇〇年後まで残り、僕がそれを読み、そしてこの時代に来る……そういう美しいループになっているんだと、そう思ったんだ」

「なるほど」

確かに、そうだとしたら美しく収まる気がする。唯一、当の亜由美が小説など到底書きそうにない人間だということ以外は。

「僕たちの行動は、すべて小説に書いてあった。無理に合わせなくても、本の通りにことは進む。それは、運命であると言えた。デート、夏祭り、崩落事故」

「崩落事故？」

「これから起こるんだ。でも、怪我人はいないから大丈夫だよ」

大丈夫と言われても、言葉の響きが物騒すぎて気になってしまう。とはいえ、未来を実際に体験している人間が大丈夫と言うからには大丈夫なのだろう。

「そして、別れ……七月二一日。小説では、主人公が小説を書くと言って、僕が未来に帰るはずだった。だけど、なぜか亜由美さんは小説を書くと言い出さなかったんだ」

「いや、だって亜由美だろ？　どう考えても小説書くようなタイプじゃないぞ」

「だから、仕方なく僕から、小説を書くようにお願いした。僕は君が書いた小説を読んでこの時代に来たんだから、君が書いてくれないとパラドックスが起きるって。そうしたら亜由美さんは、書くと言ってくれたんだ」

突然そんなことを言われて、亜由美も大層困ったことだろう。しかしあいつもわりと面倒見のいいやつだ、説得されて最後には頷いてしまう姿が想像できる気がする。

「だから僕は安心して、未来に帰るための薬を飲んで、タイムリープした」

本当ならそこで、この話は終わるはずだったんだろう。

だけど。

「だけど、そこは二三一一年ではなく、二〇〇九年、七月一日の朝だった」

昨日。保彦が転校して来た日だ。

「慌てて教室に行ったら、そこでは一周目の僕が自己紹介をしているところだった。僕は二〇日前に戻ってしまっていた。未来に、帰れなかったんだ」

「……なんで帰れなかったんだ？」

「考えられることは一つ。小説の作者は、亜由美さんじゃなかったんだ。彼女は小説を書かなかった。だから矛盾が生じ、パラドックスが起きた。それを防ぐために、時間の強制力が働いたらしい」

「時間の強制力、ねぇ」

それがどういうものなのかは知らないが、未来人がそう言うならそうなんだろう。亜由美が作者じゃなかったのは、俺からしたらそりゃそうだとしか思わない。

「だから僕は、二周目も同じことをした。亜由美さん以外の人に、偶然を装ってタイムリープの瞬間を見せて正体を明かし、その人と二〇日間を共に過ごした。もちろん、一周目の僕や亜由美さんと鉢合わせしないように気をつけながら」

「大変そうだな……」

要するに、二人の保彦が二人の女子と同時に付き合ったわけだ。もしその二組がかち合ったら、ドラマでも見たことないような修羅場になるに違いない。

「でも、二人目も違った。その人は小説を書くと言ってくれたんだけど、なんてタイトルをつけるか聞いてみたら、この小説とは違うタイトルだったんだ」

「なるほど……って、いや待てよ。お前、記憶操作できるんだろ？　それでタイトル変えればよかったんじゃねーの？」

「記憶を消すだけなら簡単なんだけど、操作するには事前に準備が必要なんだ。その準備はこの時代ではできない。だから僕にできるのは、僕が転校生だという記憶を植え付けることだけなんだ」

まぁ確かに、記憶を消すよりニセの記憶を植えつける方が大変そうだというのはなんとなく想像できる。

「じゃあ、タイトルを変えてくれって直接言うんじゃだめなのか？」

「いや、おそらくそれはしちゃいけないと思う。僕が強引にタイトルを変えたら、本来の作者が変わってしまって、因果の流れが崩壊する恐れがある」

「そんなもんか……」

俺なりに解決策を考えたつもりだったが、やはり現代人の考えなど通用しないらしい。というか、意外に不便なんだな、未来人。

「だけどもしかしたら、出版に至る過程でタイトルが変わることはあるかもしれない。そう思って、期待と覚悟が半分半分くらいの気持ちで未来へ帰ろうとした。でも、だめだった。僕はまた、七月一日の朝に戻ってしまった。三周目の始まりだ」

三周目がどうなったのかは、聞かなくても大体わかった。なぜなら、この保彦は四周目だと言っていたから。

「三周目も、違う人を選んで同じことをした。また駄目だった。何度やってもループから抜け出せない。そして四周目。僕一人じゃ無理だと悟った」

そして話は、今に繋がるってわけだ。

「僕は、誰が小説を書きそうかなんてわからない。だから誰かに協力を頼んで、将来小説を書きそうな人を選んでもらおうと思ったんだ」

「それが、俺か」

「うん」

なるほど。

話はわかった。なんとか理解できた、と思う。

「君は昨日、転校生の僕に優しくしてくれた。それに、二〇日間を繰り返してわかったことだけど、君はこのクラスの中心人物だ。頼れるのは君しかいないんだ」

昔から、頼られるとどうにも断れない。我ながら損な性格だと思う。

「茂くん、あらためてお願いする。僕に力を貸してほしい」

保彦はそう言って頭を下げる。

　さすがに、俺には荷が重すぎる。そう思った。この願いを聞いてしまったら、きっと俺にとってろくなことにならない。そんな予感もあった。

　だけど、俺は。

「……しゃーねーな、わかったよ」

　そう、答えていた。

「茂くん！」

　嬉しそうに俺の手を握ってくる保彦に、ほんの少しだけ罪悪感を覚える。

　なぜなら俺は、もしかしたらこれから、保彦の邪魔をするかもしれないから。

　将来、小説を書きそうな人。

　そう聞いて、俺の頭には真っ先に浮かんだ顔があった。

〇

　ともあれ、やると決めたら真面目にやる。

　俺は踊り場に放置されていたベンチを屋上に持ち込み、クラスの座席表を手に入れてそれとにらめっこを開始した。

クラスに女子は一七人。そのうちの三人はすでに違うとわかっているからバツ印をつける。残り一四人、そこからあいつを引いて、一三人。この一三人の中に、保彦の運命の相手がいればいい。

俺はまず、クラス委員長の桜井唯を指名した。

「成績だったらコイツだけどな」

「未来で小説を書くかどうかが大事なんだ」

そう言えばそうか。となると、もう一人の候補が浮かび上がる。

「だとしたら……こいつだな。ほら、よく教室で本読んでるだろ。絶対こいつだ」

それは決して嘘ではなかった。こいつなら将来小説を書いていても納得できる。保彦の運命の相手はきっとこいつだ。俺は俺なりに、真剣にその一人を選んだつもりだった。

「わかった」

保彦が立ち上がって笑う。俺の人選が正解だと信じ切っているようだ。

「助かったよ。これで僕は、元の時代へ戻れる」

「おう」

保彦の笑顔を見ていると、俺もこの答えに自信が持ててきた。

これが正解なら、降ってわいたようなこの非日常もあっさりと終わってしまう。俺はそれが少しだけ惜しくなって、元の時代へ帰ろうとする保彦を半ば引き留めるつもりでからかってしまう。

「なんかすげーな。クラスの四人と付き合ってるようなもんだろ？」

俺が言うと、途端に保彦は眉を吊り上げた。

「そういうんじゃないよ！」

「未来人、モテんだなー」

「これは必要に迫られてのことで……！」

「わかったわかった」

いなすように笑う俺の肩を、保彦が摑んでくる。

「僕だって、罪悪感はあるんだから」

「悪かったよ！」

少しからかいすぎてしまったか。未来人は純情だ。俺は保彦の肩をぽんと叩き返す。

「ほら、頑張って行ってこい！」

そして、その肩を押して送り出した。

保彦は両手を広げて「空が広い！」などと言いながら走り去ってしまった。まったく、一人で浮かれやがって。

ベンチに寝ころび、今の出来事を思い返す。

「すげー……なにこの話……」

どこまで本当かはわからない。けど、保彦が何人もいるのは事実だ。

おそらく、全部本当のことなのだろう。根拠もなしにそう信じている俺がいた。

使い慣れない頭を使ったからか、急に眠気が襲ってきた。ちょうどいい、わざわざ持ってきたベンチがベッド代わりになる。俺はひと眠りすることにした。

そうして目を閉じてすぐ、足音が近づいてきた。

身を起こすと、たった今別れたばかりの保彦が、思いつめた顔でそこに立っている。

なんだ？　何か言い忘れたことでもあるのか？

「どうした？」

「……四人目、違ってたよ」

「は？」

何を言っているのかわからない。さっき別れてから一分も経っていないのに。

「いやいや、早いだろ」

「早くない。二〇日間過ごしてやってきた。僕は、五周目の保彦だ」

俺がその言葉の意味を理解するより先に、保彦は再び座席表をのぞき込み。

「……次、誰がいいかな」

真剣な目で、俺にそう聞いてきた。

俺はようやく、保彦が、そして自分がどういうことをしているのかを理解し始めた。

俺の選んだ女子が外れだった場合、保彦はその女子とまた二〇日間を過ごし、そしてここへ戻ってくるのだ。俺にとっては一瞬の間に。

俺は気を引き締めて保彦に向き直った。そして四人目にバツ印をつけ、五人目を選び始める。湧き上がる嫌な予感を、必死に胸のうちに留めながら。

「じゃあ……やっぱり、委員長の桜井唯だな。成績ならこいつがトップだ。小説を書いたとしても不思議じゃない」

「唯さんだね。わかった」

今度は浮かれた様子もなしに、保彦は屋上を出ていく。俺も寝ころぶ気にはなれずに屋上の扉をじっと見ていると、すぐに保彦が戻ってきた。

「……もしかして、お前、六周目か？」

「うん。唯さんでもなかったよ」

「マジか……」

選択肢がだんだん少なくなってくる。当たり前だ。小説を書くなんて、普通の人間はやらないことなんだ。それでも俺は選ばなければならない。あいつ以外を。

「だったら……こいつだ！　林鈴子！　テニス部だけど国語の成績がよくて、作文が話題になったこともあるんだ」

「鈴子さん。わかった、行ってくる」

「おう！」

保彦が出ていく。そしてすぐに戻ってくる。

七周目。

八周目。

九周目の保彦は、さすがに少し怒っているようだった。いかにも不満げな表情で、俺の方へ詰め寄ってくる。

「また違ったんだけど。君は本当にクラスの中心人物なの？」

「知らねえよ、誰が小説書くかなんて！」

つい怒鳴り返してしまう。半分は、手伝ってやっているのにという憤慨から。もう半分は、あいつの名前を意図的に避けている後ろめたさから。そんな中途半端な思いを見透かしているかのように、保彦はさらに食らいついてくる。

「二〇日間過ごす僕の身にもなってくれよ！　心は痛むし、ちょっと老けてるよ！」

　はたと気づく。あまりにもすぐ戻ってくるものだから実感していなかったが、保彦は一周ごとに二〇日間を過ごしているのだ。ということは、八周すると一六〇日。タイムリープで飛ばした時間があるにしても、この保彦はすでに数ヶ月を過ごしている計算になる。そう考えると、保彦が怒るのも無理はない。

　だけど俺はどうしても、あいつの名前を言えなかった。

「……ってかさ、俺がその小説書くんじゃダメなの？　ほら、お前の持ってた小説、丸写ししてさ」

「それだとダメなんだよ。誰かがゼロから書かないと」

「なんだよそれ……」

「そうしないと因果の流れが」

「あー、わかったわかった！　ってか難しい話はわかんねー！　じゃあ次な！」

　再び座席表とのにらめっこを開始する。とはいえもう、将来小説を書きそうな女子生徒なんてあいつ以外に思い当たらない。男子生徒ならまだいるのに。

　……ん？　待てよ、男子生徒？

「なぁ保彦、作者って女子とは限らないんじゃねぇの？」

「え？　だけど、小説の主人公は女子だよ？」

「いやだからさ、男の作者でも、女主人公で書くことはあり得るだろ？」

そうだ。そんな簡単なことを見落としていた。

「それは……」

目を丸くしている保彦。盲点だったのだろう。

「主人公が女だからデートって思い込んでたけど、男友達と遊びに行くことだって全然あるだろ。なぁ、小説の中にキスシーンとかあったのか？」

「いや、キスは、していない」

「だろ！　もしかして男なんじゃね!?　それで、小説を書くときに男女の恋愛ものにした方がウケるからそうしただけとか！」

保彦はしばらく考え込み、やがて小さく頷いた。

「……確かに、小説の中には、異性じゃないと成立しないようなシーンはなかったように思う。可能性は、あるね」

「よっし！　だとすれば……こいつだ！　副委員長の沖本健太！　ガリ勉だし本もよく読んでる！　こいつに間違いない！」

作者、実は男説を思いついた自分を褒めてやりたい。保彦の表情も、久しぶりに明るいものになってきた。

「そうか、男子生徒だったのか……ありがとう茂くん、僕だけじゃ気づけなかったよ！」

「いいってことよ。よし、気合い入れていってこい！」

「うん！」

そして保彦はしばらくぶりに、両手を広げて走り出した。

「ああ、世界はなんて美しいんだ！」

そんなことを言いながら屋上を飛び出していく。浮かれているときの癖なのだろうか。かわいいやつだ。

作者は男かもしれない。ただの思いつきだったが、意外と核心をついているような気がしてきた。というか頼む、男であってくれ！

……数秒後。

祈る俺の元に、再び肩を落とした保彦がやってくる。

「……違ったよ」

「すまん……」

そして、座席表のバツ印がまた一つ増えた。

ここまで来ればもう意地だ。あいつの名前だけは絶対に出さない。男女関係なくクラス全員、片っ端から試していく。

一〇人。一五人。二〇人。だけど選んでも選んでも違って、明らかに小説を書きそうにないやつも、やっぱり違った。

結局、その誰もが保彦の運命の相手ではなく。

そして、とうとう三三周目。

無言で戻ってきて、無言で座り、無言で俺を睨みつける保彦。

俺は無言で、三二人目の名前にバツを書いた。

保彦が戻ってきたということは、そういうことだ。もしうまくいっていたなら、保彦は未来に帰り、もうここへは来ないはずなのだから。

正直、もう期待はしていなかった。だけど俺も一縷(いちる)の望みを捨てられなかった。どうか、保彦の運命の相手が、あいつ以外であってくれ、と。

「……マジかー」

「言った通りだったじゃないか……」

保彦が言う。途中からはさすがに保彦もおかしいと気づいたようで、この人じゃないのか、と名指ししてきた。最後まで俺が口にしなかったその名前。ああ、俺もそいつだと思うよ。だけど俺はなんやかんやと理由をつけて、そいつだけはないと言い続けてきた。

だが、もうそいつしか残っていない。そりゃそうか。本当は最初から気づいていた。だけど言えなかった。どうしても。

だって仕方ないだろう。

自分の好きな子が、未来人の運命の相手だなんて。

「ほんっと悪い！」

俺は机代わりにしていたベンチに飛び乗って、保彦に土下座した。

事情はどうあれ、俺は結局、保彦が未来に帰るのを邪魔し続けていたことになる。それについてはもう、ただ謝ることしかできなかった。

さすがに罵倒されることも覚悟していたが、聞こえてきたのは、優しい声だった。

「……こっちこそ、申し訳なかった」

顔を上げる。

保彦は、穏やかに微笑んでいた。

「付き合ってくれて、ありがとう」

俺に、言いたいこともあるだろう。だけど保彦は、感謝だけを口にして。

「じゃあ、最後。行ってくる」

「……おう」

ゆっくり歩いて屋上を出ていく、三三人目の保彦の背中を見送る。

三四人目の保彦は、来なかった。

すっかり日が傾いた空を眺めながら、俺は途方にくれた。

「ああああ……！」

明日から三三人の保彦を、クラスの一人一人と過ごさせなきゃいけない。

だけどこれは俺がやるべきことだ。俺が最初にあいつの名前を言っていれば、こんなことにはならなかった。

だから、やってやろう。完璧に。保彦への罪滅ぼしに。

そして、この胸の痛みをごまかすために。

二〇〇九年　七月三日

俺は徹夜で計画を練った。保彦同士がかち合わないように。

保彦から聞いた話はノートにメモを取っている。そのメモを元に、いつ、誰が、どこで保彦のタイムリープを目撃するのか、そのすべてを学校の見取り図に書き込んでいった。

保彦の話だと、それらはすべてすでに起きたことだから、特に何もしなくてもその通りになる、ということだった。だけど俺は、万が一にも失敗しないよう、三三人分の出会いの準備をした。

幸いだったのは、例の小説は情景よりも心情の描写が中心で、出会いのシーンも場所については「朝の学校で」程度の描写だったらしい。だから「朝の学校」という広い条件さえ満たしていれば、いつ、どこでもいいということだった。

だから俺は、七月二日の放課後から翌朝まで、徹夜で準備した。

例えば、図書室で一冊本を借りておく。女子テニス部の部室裏に脚立を置いておく。ある生徒はテストの答案を隠す。ある生徒は上履きを隠す……。

そして七月三日、小説の主人公が保彦と出会う場面。

俺は学校中の三三ヶ所で、それぞれが保彦と出会うように仕向けた。

朝、手元のノートを確認しながら、クラスメイト全員の動向に気を配り、ターゲットが動いたらすかさず俺も動く。

大槻美雪が教室を出てすぐ、本を持って追いかける。

「美雪！　美雪、図書委員じゃん。これ、返しといてくんない？」

「えぇ？」

「お願い！」

「むぅ……」

しぶしぶ本を受け取り図書室へ向かう美雪。これで美雪は図書室で保彦と出会う。

続いて教室から、林鈴子が出てくる。

「お、鈴子！ ここだけの話な、女子テニス部の部室裏、覗きスポットになってるぞ」

「うそ！」

「マジ」

駆け出す鈴子。これで鈴子は部室裏で保彦と出会う。

窓際で、朝からパンを食べている江口久人の肩を叩く。

「江口！ お前の答案、理科準備室に捨ててあったぞ」

「なんで!?」

「わかんない」

「ヤバいよ！」

「ヤバい」

パンを持ったまま駆け出す江口。これで江口は理科準備室で保彦と出会う。

上履きを探してうろうろしている土井翔。

「あ、俺の上履き見た？」

「職員トイレにあったぞ」

「職員トイレ？」

「おう」

「ありがと」

首を傾げながら階段を下りていく土井。これで土井は職員トイレで保彦と出会う。

そして保彦は、同じ出会いを三回繰り返した。

俺と三人の保彦は、屋上で打ち合わせしながら、同じ物語を同時進行させていった。

当たり前だが、保彦は毎回必死だった。だから俺も、三周まで続くことは知られないように気をつけた。言ってしまえばいいんじゃないかと思ったこともある。だけどそれで、因果の流れ？とやらが壊れたらと思うと、どうしてもできなかった。

気をつけていたつもりだが、やはりどうしても、二人で仲良くしているところを他の生徒に見られてしまうことはあった。そういうとき、保彦は記憶をバンバン消した。記憶を消すときは一時的に気を失ってその場に倒れてしまうので、おそらくみんなその時期、覚えのない生傷などがあったはずだ。それは気の毒に思う。

だけどそうやって、俺と保彦はなんとか同時進行を続けていった。

地獄だったのは、七月一八日。夏祭りの夜だ。小説にははっきりと、夏祭りの夜に主人公と未来人が一緒に花火を見るシーンがあったらしい。

三三組を、狭い神社で鉢合わせすることなく、花火を見せる。

あれは間違いなく、俺の人生で一番苦労した日だった。

二〇〇九年　七月一八日

夏祭りの日。

クレープの屋台で、一周目の保彦と亜由美がチョコバナナを買っている。

その後ろを、六周目の保彦と鈴子が吹き戻しで遊びながら通り過ぎる。

さらに入れ違いで別の保彦が、その隣にお面をかぶった別の保彦が……と、見ていることっちは冷や冷やしっぱなしで、とても祭りを楽しむ余裕などない。

俺でなくても、注意深く見ていれば気づくかもしれない。同じ浴衣を着た何人もの保彦が、違う相手とうろうろしているのを。だが幸い、祭りの会場は人込みでごった返しているし、参加者は屋台の食べ物やおもちゃ、遊び、あるいは隣にいる特別な人にしか目を向けていない。

双眼鏡で祭りの会場を監視しながら、意外といけるかも……と思えたのも束の間、やばそうな保彦を見つけて慌てて現場へ急行する。

その保彦は、美雪といっしょに射的に夢中になっていた。むきになっているのか何度も挑戦を続けている。基本的に、同じ場所に長く留まるべきではないのに。

「あらら、楽しそうじゃん」

偶然を装って、俺は二人に声をかけた。

俺に気づいた美雪が、露骨に「しまった」という顔をする。二人の関係は秘密のはずだから、俺がすべてを知っているなど夢にも思っていないのだろう。

「いや、別に、そういうんじゃないし」

「いいっていいって」

申し訳ないが、甘いシチュエーションに付き合っている時間はあまりない。

「ほら、もうすぐ花火始まんぞ。あっちだと見やすいから。な、保彦！」

「ごめん、もう一回」

あろうことか、保彦はそんなことを言いやがった。俺がどれだけ苦労しているか、わからないのかこいつ。

若干の苛立ちを覚え、俺は保彦に詰め寄って耳元で囁く。

「お前のために言ってんだよ」

美雪には聞こえないようにしてやっているのだから、感謝してほしい。それが通じたのだろう、保彦はすぐに銃を置いた。

「そっか。よし、行こう」

「えっ?」

保彦は計画通りのルートに戻り、戸惑う美雪を振り返って名前を呼ぶ。

「美雪」

「えっ……呼び捨てしないでよ!」

「ヒュー!」

「ヒューじゃない!」

ぷりぷりと怒りながら去っていく美雪。

その直後、後ろからまた別の保彦がやってきた。間一髪だ。

一緒にいるのはソフトボール部の西山晴子。ということは……一九周目か。誰が何周目か、もうすっかり覚えてしまった。

「茂!?」

「晴子」

「あの、うちら、そんなんじゃないからね？」

保彦を窺いながら、美雪とまったく同じ反応をする晴子。

「あー、いいっていいって」

「うるさいなぁ」

「ヒュー！」

「ヒューじゃない！」

さっきと同じように囃し立てながらその場を去る。再び射的を始める保彦に、屋台のおじさんが面食らった顔をしていた。申し訳ないが、そこまでケアする余裕はとてもない。もしかしたら祭りの後、関係者の間で保彦の存在が怪談のように囁かれることになるかもしれない。想像すると少しだけ面白かった。

そして、ついに花火が始まった。

始まってしまえば、終わるまでその場を動かなくなるので一安心だ。狭い祭り会場で、保彦たちがそれぞれ花火を見ているのを一組ずつ確認する。

確かに三三組を数え終わり、やっと一息ついて花火を見上げたとき、俺の目からは思わず涙がこぼれ落ちていた。

○

そして、七月二一日。

旧校舎が崩壊し、全員が未来へ跳んだ。

二〇一九年　七月二七日　リライト後

それが、一〇年前の夏の出来事。

今までずっと秘密にしていたそのことを、俺は今日、同窓会の二次会で、みんなに打ち明けた。

最初は、たまたま同じテーブルにいた三人を相手に話していた。

だけど途中から、カラオケを歌う声は止み、俺の話を聞くやつが増えていった。

そして今、ここにいる全員が、黙りこくって俺の方を見ている。

睨んでいる、のかもしれない。

「この前、みんなのところに一〇年前の自分が来たはずだ」

皆、思い思いに頷く。当然だ。全員来ているはずだ。

「その日の夕方、保彦は別れを告げた。小説通り、全員にハグをして」

これも頷く。男子はもちろん、女子も誰もキスはしていないはずだ。それは、小説に書いていなかったというのもあるが、保彦の誠実さでもあったのだろう。

「保彦はここで答え合わせをし、三二回の絶望を味わった。小説を書かないと言われたり、書いてもタイトルが違ったり……そして、三三人目でやっと、同じタイトルで小説を書くと言われ、保彦は未来に帰ったんだ」

三二対の瞳が俺に突き刺さる。

みんな、自分と別れたあと、保彦は未来に帰ったのだと思っていた。

それを別の誰かと繰り返すために、保彦がタイムリープしたなどと、知るはずがなかった。知りたくもなかったはずだった。

だけど、俺はもう、耐えられなかった。

俺はみんなに向かって、深々と頭を下げた。

「今日まで黙ってて悪かった！　人生を変えた奴だっていたと思う」

何人かは明らかに、保彦との思い出を書いた小説を出すための道に進んでいた。だけど、実際にその小説を出せるのは、ただ一人だけだった。

「最後の一人が書いた小説が出たら、多分みんな気づく。だから今、みんなに謝りたかった。本当、申し訳ない」

誰も何も言わない。言えるわけがない。

そのまま、会場のレンタル時間が終わって追い出されるまで、俺は頭を下げ続けた。

◯

夜のアーケードを歩く。

みんなそれぞれ思い思いに解散し、残っているのは一〇人程度だ。

家路についたやつらの誰一人、俺を責めることはしなかった。

それで許されたとは思っていない。だけど、別れ際にみんなが放った「またね」という言葉の中には、俺も入っていると信じたかった。

俺の隣を歩いていた美雪に、鈴子が近寄ってくる。

「鈴子」

「ごめんなんか、いろいろ理解できてないんだけど……美雪に酷いこと言っちゃった」

「ううん……私も、みんなのこと疑っちゃってたからさ」

そんなやりとりを聞いて、また申し訳ない気持ちが湧いてくる。

この二人は、人生が変わった方の二人だ。鈴子は地元紙のライター、美雪は東京で小説家になった。きっと二人とも、保彦の小説を出すためにその道を選んだのだろう。

二人の間に何があったかは知らないが、それに俺が無関係のはずがなかった。

「……俺のせいだ、俺が最後の一人まで引っぱったから」

違うとも、その通りだとも、返事はなく。

押し黙ったまま、俺たちは歩く。

ふと、思い出したように鈴子が口を開いた。

「ねえ……室井くんのことってさ、これとは関係ないよね？」

「いや、それは、関係ないでしょ？」

さすがにそれは、と否定する美雪。

だけど俺は、一概にはそれを否定できなかった。

「……え？」

俺の沈黙に、鈴子が初めて責めるような目で俺を見る。

「いや、違う。そのせいで室井が死んだってわけじゃないんだ。室井は……」

どう説明するべきか迷って、結局俺は、そのままを話すことにした。

「……室井は、一〇年後の未来で、自分の遺影を見たんだ」

二〇一七年、室井は交通事故で亡くなった。

二〇一九年にタイムリープした室井は、自分の三回忌の現場を見てしまったのだ。そして、自分がすでに死んでいることを知ってしまった。

「自分の未来を知った室井はやさぐれた。自分の子孫を残そうと、女の子に強引に迫ったりして」

それが、室井が女性を襲った事件の真相だ。未遂で終わったのは、どちらにとっても最悪の結果にはならなかったと思う。だからと言って、許されることではないが。

「あとから室井は、全部打ち明けてくれた。俺はそこから毎日あいつと過ごし、あいつは全力で生き直した」

それは、俺がやらなければいけないことだと思った。室井のために、やれることは全部やったつもりだった。

「だけどやっぱり、二年前に、室井は……」

交通事故で、亡くなった。

室井のことを思うと、今でも涙が出てくる。俺はもっとあいつに何かしてやれなかったのか。それが運命なんてあんまりじゃないか。俺がもっと早く、あのループを終わらせていれば。そうすれば、少なくとも室井は、自分の運命に怯えたりせず真っすぐに生きていけたんじゃないのか。結局は、俺のせいじゃないのか——。

「茂はよくやったよ」

聞き間違いかと思った。

顔を上げると、安達が俺の方を向いて、笑っていた。

「すげーよ！」

安達が言うと、続いて亜由美が口を開く。

「ってか、あんたどんだけ背負ってんの？　私が文才あって、ちゃんと小説書いてれば、こんなややこしいことにならなかったのに」

一周目だから、他のみんなとはまた思うところが違うのかもしれない。誰も何も言わないのを見て、亜由美はおどけた声を出す。

「……って、否定して！」

周りから笑い声が漏れる。俺は、笑っていいのかわからない。俺に、亜由美を笑う資格があるのだろうか。

安達と亜由美が空気を和らげてくれたのか、次は元委員長の唯が口を開く。

「室井も、あんたといて救われたと思うよ」

そう言って、亜由美と頷き合う。

もしかしたらそれは、俺が何よりも欲しかった言葉かもしれなかった。

「……わりい」

「謝んないでよ、私だって、忘れないでおくし」

「でも室井テンパりすぎでしょ。あいつ弱いなー」

そんなことを言い出したのは敦子だった。元カーストトップらしい言い分だ。

元野球部の土井が、今は自分の妻である晴子に目を向ける。

「お前、自分がヒロインだと思ってたもんな」

「そうだよ、どうしてくれんのもう！　長年温めて、書けもしない小説まで書いてさあ」

晴子は自分の書いた小説をネットで公開していたはずだ。他にもそうやって小説を出そうとしたやつが何人かいるのを俺は知っている。ずっと気になって調べ続けていた。

「いや、あたしなんて女優諦めて脚本家目指しちゃってるし」

「それは、才能とかあるから……」

「はあ⁉」

「私はジャーナリストだよ？」

「私もライターになっちゃった。ま、楽しいからいいけど」

「俺なんて八百屋だよ？」

「いや、それ元からだろ。保彦かんけーねーし」

「俺ラーメン屋だしな〜」

「よっ、大将！」

明るい笑い声。だんだんと賑やかな、いつもの空気になっていく。

はっきりとした言葉はなくとも、許されているような気がして、俺は心の中でみんなに感謝した。

一〇年間、ずっと苦しかった。

でも、今日からはもう、嫌な夢を見ずに眠れるかもしれない。

打ち明けてよかった。心の底からそう思った。

「でもあれだよな、美雪はちゃんと作家になって、マジすげぇよ」

土井がそう呟く。口々に同意するみんな。

確かにそうだ。この中であの小説を出すことに一番近づいたのは美雪だ。きっと今だって、それを出版するために頑張っているはずだ。

だけど、それが出版されることはないのだろう。

だって美雪は、四周目だから。

そこでループが終わらなかった以上、あの小説の作者は、美雪ではないはずだから。

二〇〇九年　七月二一日

屋上で、俺と保彦は最後のミーティングをしている。

二〇日間かける三三周分の計画で分厚くなったルーズリーフを開く。大学受験でもここまで使い倒すことはないだろう。

「……よし、あとは旧校舎崩壊と別れか」

今日のページには「旧校舎崩壊・別れ」「ラストミーティング」と書かれている。その文字を見て、保彦がしみじみと呟く。

「これで、終われるといいな……」

「……終わるよ、絶対」

「その言葉も、何回も言わせてごめん」

「胸痛んでたわ～」

　吹き出しながら、冗談半分に言う。もちろん、半分は本気だ。

「変な時間だった。ずーっと夏だよ」

「ま、三三周もやったら飽きるよなぁ」

「ううん。やることは同じでも、全然違う日々だった」

　いつからか増えていた文具やお菓子などを片付けながら、保彦は穏やかに笑う。

　同じ二〇日間を、違う相手と、三三回繰り返す。いったいどんな気持ちなのだろう。わからないし、わかりたいとも思わないけど。

「青春だな」

　俺は、保彦の顔を見て、そんなことを思った。

「そっか、これを青春って言うのか」

「いやわかんねーけど」

　気づきを得て驚く保彦に笑い、俺は立ち上がって、右手を差し出した。

「ん。おつかれ」

「おい……」

　だけど保彦はその手を握らず、両手を広げて、俺を抱きしめた。

「長い間、ありがとう」

「……なんだよ、気持ちわる」

嘘だった。悪い気分じゃなかった。

「それ持てる？」

「うん」

照れ隠しに、何日目かに持ち込んだ長机を保彦に運ばせる。そのまま屋上を出ていきながら、最後のわだかまりを吐き出すように俺は言った。

「やー、にしても結局あいつかー！」

俺が最初に思いついて、最後まで言わなかったあいつ。

「いや、そりゃそうだよ。小説書きそうだもん。失敗したー」

「茂」

「あ？」

振り返ると、保彦は真剣なまなざしで俺を見つめている。

「ごめん」

その言葉の意味が、痛いほどにわかってしまった。

「なんでお前が謝んだよ」

「だって君、あの子のことが」

それ以上言わせたくなくて、俺は手に持った荷物で保彦を叩いた。

「いたっ！」

「未来人が気ぃつかってんじゃねー。俺はモテんの。こっちは三〇〇年先輩だぞ？」

そう言って笑ってやる。

保彦はぽかんとした顔をして、それからいつものように、穏やかに笑った。

「ありがとう。君は、最高の友達だ」

「いいよ……お前今日、気持ち悪いぞ」

そして俺と保彦は、屋上を出ていく。

〇

保彦にとっては約二年、俺にとっては二〇日間の、屋上での密会。

一〇年後の俺にとって、この夏はどんな思い出になっているだろうか。

印象的なことはいくつもあった。だけど結局、最後に残るのは一つだけ。

これは、俺の恋が終わった話だ。

ただそれだけの、どこにでもある、終わった夏の話なのだろう。

第四章

終わらない夏

二〇〇九年　六月一八日　リライト前

図書室で美雪と話す時間だけが、学校で唯一の楽しみだった。

「ラスト一行、痺れなかった？」

「痺れた。もうもう、あれしかない！」

「あれちょっとズルいよね。わかってても泣くよね」

「泣いた」

「泣いた？」

「泣いたよ～！」

「うそぉ」

「ほんとに！　だって羨ましいじゃん～」

「ええ〜？」

私が読んだ本を美雪が読む。美雪が読んだ本を私が読む。そうして感想を語り合う。

そのわずかな時間だけ、私は現実を忘れられる。

「あーあ、なんで現実ではこんなこと起きないんだろ」

そう言ったのは、私じゃなくて美雪だった。

物語の世界を夢見る美雪。だけどその意味は、私とは少し違う。美雪にそういうことを言われると、私はなんだか、複雑な気持ちになる。

「……いいよ、現実の話は」

「……そうだね」

私が笑い、美雪も笑う。

きっとその笑顔の意味も、私と美雪では違う。

例えば授業の間の中休み。美雪はクラスで一番の人気者である長谷川敦子と顔を突き合わせて、ノートを見せてあげている。

「すみません、私もお願いします！」

「お願いします！」

そこへ、男女のムードメーカーのツートップ、増田亜由美と室井大介が加わる。

「おい！」

「ほんっとにごめん！」

「あ、私も私も！」

そうして美雪を囲む輪はまた広がる。

美雪はクラスの中心人物というわけではないし、特別人気者でもないけど、決して仲間外れにもされない。適度に頼られ、適度に配慮される。そんな絶妙な位置を保っているのが美雪だった。

私はと言えば、窓際で一人、本を読んでばかりいる。私に積極的に話しかけてくる人間なんてほとんどいない。それが不満というわけではないし、美雪が羨ましいわけでもない。あんな風に、興味の持てない人間に愛想笑いをするなんて、私はごめんだ。

ただ、美雪は私がいなくても変わらないんだろうな、なんて思う。

美雪の現実と、私の現実は違ってて。

私はもう少し、シビアな現実を生きてて。

「ただいま」

家に帰れば、ゴミで溢れた居間のソファで、今日も働かずに酔っ払った父がいびきを立てて寝ている。その手からビールの空き缶が転がり落ち、かん、と甲高い音を立てる。放置されたゴミ袋が、つけっぱなしの扇風機の風を浴びてがさがさと揺れている。この家に響いている生活音、そのすべてが耳障りだ。

私はお風呂場に本を持ち込んで、お湯を張っていない浴槽の中に座り込み、読みふける。暗くなるまで、ただひたすらに。自分の部屋もない私にとって、居間の音が聞こえてこないこの場所だけが聖域だ。

ふっと、窓から入る光が陰る。私は窓を開ける。すぐ外を走る電車の音が、生ぬるい空気と忘れていた現実を連れてくる。

美雪の言葉を思い出す。

なんで現実ではこんなこと起きないんだろ、だって。

ねぇ美雪。

あなたの言う現実って、こんなんじゃないでしょ？

美雪の現実と、私の現実は違ってて。

お互い、物語を夢見る意味も違う。それだけのことだった。

二〇〇九年　七月三日

だから、転校してきた彼も、私にはなんの関係もないことだった。

クラスの女子たちは、なかなかイケてるとか中身のない会話で盛り上がっていたようだけど、私は興味が持てずにいつもの日々を過ごしていた。

クラスの男子が、私の席のすぐ後ろにある窓の外で黒板消しをはたき始めた。チョークの粉が飛んでくる。窓際の席は嫌いじゃないけど、こういうときに困る。というか、こいつはこうなることを予想できないのだろうか。

そんなことを考えていると、他の男子たちが集まってきて、黒板消しをミット代わりにボクシングの真似事を始めた。チョークの粉が一気に舞い上がって、私はそれを吸い込んで盛大にせき込んでしまう。

それでも男子たちはやめようとしない。目が悪いのか、性格が悪いのか、それとも頭が悪いのか？　耐えられずに席を立とうとしたとき、もう一人の男子が割り込んできた。

「おい、邪魔邪魔邪魔邪魔！」

そう言って馬鹿な男子たちのボクシングごっこをやめさせ、窓を大きく開けて換気をしてくれる。

そして、私にハンカチを差し出してきたのは、案の定。酒井茂だった。

「ほら、水道行ってこい」

「……ありがとう」

私は素直にハンカチを借りて、教室を出ていく。

クラスの男子の中で唯一、茂だけは私に用もなく話しかけてくる。最初は無視していたのだけど、あまりにめげないものだから、私も少しだけ気を許してしまっていた。

私はそのまま校舎を出て、学校の裏手にある水場へ向かう。チョークの粉で髪まで汚れている。学校の水道で髪を洗っているところなんて、他の生徒に見られたくない。

茂のハンカチを置いて、外の水道で髪を洗う。水の冷たさが気持ちいい。夏でよかった。冬だったらさすがにしんどかっただろうな……。

なんてことを思っていると。

不意に、強い風が吹いて、辺りが一瞬発光した。

「……？」

蛇口を締めて立ち上がり、光が放たれた方へ歩いていく。

すると、建物の裏手に、立ち尽くす男子生徒の背中があった。

おかしい。さっきまでそんなところに人はいなかったはずだ。向こう側は行き止まりになっている。じゃあ、私が髪を洗っている間に後ろを通った？　いや、だとしても気がつくはずだ。目を閉じてたわけじゃないし、足音だって聞こえるのに。

「なに……？」

思わず漏れた私の声に振り返ったのは、転校生の、園田保彦だった。

「参ったな。見なかったことには、できないよね」

言葉とは裏腹に、まったく焦っているような様子もない。だけど、どうやら私は見てはいけないところを見てしまったらしい。何を？　どうやってこの空間に現れたか？　普通に考えて、私に気づかれずにここに来られたはずがない。だけど、この人はここにいる。

突然吹いた風。一瞬の発光。辺りに微かに漂うこれは……ラベンダーの、香り？

現実から目をそらして空想の物語ばかり読んでいる私の頭が、そのラベンダーの香りと、ある古い小説を結びつけた。

そして私は、半ば無意識に、それを口にしてしまう。

「……未来、人？」

直後に、深く後悔した。

何を言ってるんだ私は、転校してきたばかりの人に向かって、なんてばかばかしいことを。好かれたいわけではないが、頭がおかしいと思われたいわけでもない。いよいよ現実と空想の区別がつかなくなってきたか。そんなわけがないのに。

なのに、不覚にも、私は。

「君は、察しがいいね！」

驚きと喜びが混ざり合った、園田くんのその無邪気な笑顔に。

胸を、ときめかせてしまった。

○

こうして、私と彼の、ひと夏の物語が始まった。

園田くん……保彦は、三〇〇年後の時代から来た未来人だと言った。

もちろん私も、最初から完全に信じたわけじゃない。だけど、どう考えても現代の技術では作れないであろう道具を見せられたり、私たちが二人でいるところを目撃した生徒の記憶を消したりされては、信じざるを得なかった。

それに何より、私がそれを信じたかった。

やっと私の前に舞い降りてくれた非日常。私を現実から連れ出してくれる、物語の世界の住人。私はそれを、ずっと待っていたのかもしれない。

未来人らしいのかなんなのか、保彦の言動は、どこかおかしかった。

例えば休みの日、保彦が興味があると言うからロープウェイを見に行ったのだけど。

「へ～、下からだとこんななんだね」

保彦はロープウェイを下から見上げるだけで、乗ろうとはしなかった。普通、ロープウェイに興味がある人は乗りたがると思うけど。高所恐怖症とか？

「乗らないの？」

「あ、猫だ。ついてってみよう！」

いきなり駆け出してしまう。こんな風に、保彦の行動はいつも不可思議だ。

ちょうどこの町で風鈴が綺麗なお祭りがあるから見に行こうと誘っても、保彦は現地にまでは行かず、遠くからそれを眺めるだけだった。もしかしたら、人混みが苦手なのだろうか。私もそうだから、逆にありがたかったけど。

二人で行くのは、人目を避けたような場所ばかり。それでも、保彦との時間だけが、楽しかった。

だけど。

二〇〇九年　七月一五日

昼休み。

私は窓ガラスに映った自分を見て、ちょっと前髪を整える。

完全に浮かれているなと、我ながら少し呆れる。学校でこんなことをするなんて、これまでは考えられなかった。これもすべて保彦のせいだ。保彦の前では、少しでもかわいい私でいたかった。

前髪に満足して、その場を離れようとする。

だけど一瞬、視界に気になるものが見えたような気がして、再び窓ガラスに——その向こう側に、目を凝らす。

中庭のベンチに、保彦と美雪が、二人並んで座っている。

そして楽しそうに、何か話している。

いや、落ち着け。クラスメイトなんだから、別に二人で話してたっておかしくない。

……本当に？　それにしては、くっつきすぎてない？

ただのクラスメイトが、あんな風に、両手を繋いだりする……？

混乱して、私は駆け出した。無意識のうちに、学校で一番安心できる場所、つまり図書室に逃げ込んで、その一番片隅で息を吐く。

「どういうこと……？」

あれは間違いなく、保彦と美雪だった。

そして間違いなく、ただのクラスメイトといった感じではなかった。

保彦は、私と付き合ってるんじゃないの？

確かに、言葉で「付き合ってください」なんて言ってても言われてもない。だけど、毎日一緒に帰ってたのに。休みの日も遊びに行ったのに。私に秘密を打ち明けてくれたのに。

タイムリープの薬だってくれたのに。

私だけじゃ、なかった？

――そのとき。

不意に一陣の風が吹いて、辺りが一瞬発光した。

これは……保彦がタイムリープしたときと同じ……？

人の気配を感じて振り向く。

そこに立っていたのは。

「驚かないで」

赤が強めのラベンダーピンクに染められた、ミディアムウルフのヘアスタイル。

「私は、一〇年後から来た」

その顔には、確かに見覚えがある。

「私……？」

髪型も、服装も、とても今の私が選びそうなものではなかったけど。

それが本当に一〇年後の私なんだと、なぜだか私は確信した。

「残念だけど、保彦はあなただけのものじゃない」

そう言って一〇年後の私は、窓の外に視線を向ける。その視線を追う私。

一人。

二人。

三人。

四人。

ここから確認できるだけでも、四人の保彦が、違う場所で、違う相手と、仲良さそうに
二人で歩いていた。

何、これ？

「でも大丈夫。あなたは最後の、そして運命の一人」

混乱する私に、一〇年後の私は一冊の本を手渡してくる。

タイトルは、『少女は時を翔けた』。古い小説に似ているけど、知らないタイトルだ。

そして、著者は。

「美雪が書いた本」

大槻美雪。

表紙には確かに、そう書かれている。

「あなたがリライトするの」

書き直し（リライト）？

理解できない言葉だけを残して、一〇年後の私は、消えてしまった。

○

家のお風呂場で、私は本を読む。

居間では酔った父が暴れている。食器の割れる音。母の泣き叫ぶ声。風呂場にまで聞こえてくる。すべて雑音だ。すべてがどうでもいい。それどころではない。

美雪が書いた『少女は時を翔けた』には、私と保彦の物語が書かれていた。

だけどそれは、私の記憶とは微妙に違う。小説の保彦は図書室で主人公に出会い、ちゃんとロープウェイに乗り、一緒に風鈴を買っていた。

私の思い出が、少しずつ改変されている。おそらく、より普遍的に、よりロマンティックに。私と保彦じゃなく……美雪と保彦の思い出として。

小説には、これから起こることも書かれていた。それによると、七月二一日に地震が起きて旧校舎が崩壊し、そこにいたはずの保彦を助けるために、美雪は保彦からもらった薬で一〇年後にタイムリープする。そこで一〇年後の自分から、保彦の無事と、この『少女は時を翔けた』を書くことを告げられる。その小説が出版され、未来まで残り、保彦はそれを読んでこの時代にやってきて、美雪と出会う……。

吐き気がしそうなほど、美しいループ。

ふざけるな。

それは、私の物語だ。

何度も何度も読み返して、ようやく私は全貌が見えてきた。

おそらく保彦は、この小説の作者を探しているのだ。

私と美雪だけじゃない。保彦はタイムリープを繰り返しながら、他にも何人か、下手したらクラスの女子全員と同じことをしている。作者がこの経験をしないと、この小説は存在しないからだ。その結果が、同時に何人も存在する保彦だ。

私はやっと理解した。どうして保彦がロープウェイに乗らなかったのか。風鈴を見に行かなかったのか。そこにはもう、私より先に選ばれた誰かが、保彦と一緒にいたからだ。時間をずらしても押し込めないほど、たくさんの誰かが。

つまり、私は余りものだったのだ。

運命の相手なんてとんでもない。念のために、仕方なく選ばれた一人だった。

それなのに私は、やっと物語のヒロインになれたって、浮かれて、夢中になって。

……そんなの、あまりにみじめじゃないか。

だったら、どうする？

私は今、一〇年後の私が言っていたことの意味を、理解しつつあった。

二一日に起きる旧校舎の崩壊に、保彦は巻き込まれない。それはつまり、保彦を助けるためにタイムリープしなくていいということだ。

だったら私だけは、タイムリープの薬を別の目的で使える。もしかしたら未来で薬を使い、一〇年後ではなく一〇年前にタイムリープして、今の私にこの本を渡したのかもしれない。本当にそんな使い方ができるかはわからないけど。

とにかく、一〇年後の私は何らかの方法で一〇年前にタイムリープした。その方法は、一〇年経てば自ずとわかるはずだ。

そうまでして、私が私にやらせたかったこと。

リライト。

私が、本当の作者になる。

運命とか物語とか、信じた私が馬鹿だった。

私は、自分の人生を誰かのせいになんてしない。自分の手で書き直す。

美雪の本の中で、保彦は楽しげだった。

「……お前には渡さない」

○

それから私は、昼間は何も気づいていないふりで美雪や保彦と過ごしながら、夜はリライトの準備を進めていった。

一度だけ、危ないことがあった。

いつかのアーケードでたまたま美雪と出会い、一緒に帰ることになった日。クラスの馬鹿どもが自転車で私にぶつかってきて、鞄の中身をぶちまけてしまった。

その中に、『少女は時を翔けた』があったのだ。

美雪がそれを拾おうとしたので、慌ててひったくった。カバーはかけていたけど、万が一にも美雪にそれを見られるわけにはいかなかった。

それ以来、美雪とは疎遠になってしまった。だけどそれでいい。今は美雪と仲良くする気になんてなれない。少なくとも、私が本当の作者になるまでは。

一八日には、小説に書かれていた通り花火を見た。だけど、場所は神社の裏参道の階段の下、建物の隙間からちらりと花火が見えるだけの場所。これだって「一緒にお祭りで花火を見た」ことに変わりはないけど。

こんな場所になるということは、もしかしたら私は、最後の一人なのかもしれない。そりゃそうか。私のクラスから誰かを選ぶとしたら、誰も私なんて選ばない。きっと境内では、何人もの保彦が鉢合わせしないように花火を見ているのだろう。想像すると、そのおかしさと自分の哀れさで、少し笑えた。

「……ずっと、このままがいいな」

保彦がそんなことを言う。

だから私は、笑って答える。

「ずっと、このままでいようよ」

私の言葉の本当の意味を、保彦はまだ知らない。

二〇〇九年　七月二一日

私のなすべきことは、物語を書き直し、出版すること。

そして、私以外に本を出させないこと。

今日は音楽室でコーラス大会のクラス練習がある日。

みんなが教室からいなくなったことを確認して、私は美雪の鞄をあさる。

そうして見つけた小さいポーチの中のピルケースを開けると、美雪が保彦にもらったタイムリープの薬があった。

そのカプセルを慎重に開き、私のカプセルから少しだけ取り出した薬の粒をそこに混ぜ、再び閉める。これで、一〇年プラス何日間か未来へタイムリープするのではないだろうか。うまくいくかはわからないが、数日間でも時間稼ぎができれば儲けものだった。

音楽室に移動し、練習が始まる。やがて予定通り地震が起き、美雪が慌てて音楽室から出ていく。他にも何人か出ていくはずだ、と思って見ていたら、なんとクラスの全員が出ていってしまった。私はここで初めて、保彦の相手は女子生徒だけではなかったのだと気づいた。私は男子生徒よりも優先度が低かったのか。もう笑うしかない。

もちろん、自分の薬は使わなかった。保彦が無事なのは知ってたから。

そして、放課後。

雨の降る校舎裏で、保彦は別れを切り出した。

「未来に帰るよ」

うん。そう言って、本当は二〇日前に帰ってたんだよね。知ってるよ。

「キスしてくれないの？」

私は少し、ほんの少しの希望を持って聞いてみる。美雪の小説では、最後にキスをしてお別れするという綺麗なシーンになっていたから。

だから、小説の通りにするために、キスしてくれるかもと思ったんだけど。

保彦は、私をそっと抱きしめるだけだった。

「してくれないんだ……」

そっか。そうだよね。私とキスなんて、したくないよね。

うん。わかった。いいよ。今はそれでもいい。

絶対に、その相手を私にしてやるから。

「私、書くよ。私たちの小説。保彦はそれを読んで、この時代へ来る」

「なるほど。綺麗なループだ」

微笑む保彦。その相手が私ではないと、わかっているくせに。

「……ちなみに、その本のタイトルは？」

そう聞かれて、私はふと思いついた。

もしも私がここで『少女は時を翔けた』と言ったら、どうなるのだろう？

もしかして、時間の強制力かなにかで、私が本当の作者になったりしないだろうか？

そうすればここで、私が保彦の運命の相手になれるのではないだろうか？

考えて、考えて。

私は、そのタイトルを口にした。


「『エンドレス・サマー』」


それが私の小説のタイトル。私の物語のタイトルだ。

私は、自分の人生を誰かのせいになんてしない。自分の手で書き直す。

この夏を、終わらせない。

そのタイトルを聞いた保彦が、途端にくしゃっと顔を歪ませた。

「……ごめん。なんか、ごめん」

保彦は声も出さずに泣いている。騙しててごめん、無駄に付き合わせてごめん、という
ことだろうか。優しいんだね保彦。そういうところも好きだよ。

「よかった」

顔を上げて微笑む保彦。ああ、頑張って笑顔を作ってくれたんだね。

「書いてよ。楽しみにしてる」

心にもないことを言い放ち、保彦はタイムリープの薬を取り出す。

「……さよなら」

そして、薬を口に運ぼうとするその腕を、私は力を込めて掴んだ。

逃がさない。離さない。絶対に。

私のいない未来へなんて、行かせない。

「『また、未来で』……言うのは何回め？」

「……友恵？」

保彦の表情が、戸惑いに揺れる。

「小説に書いてあるのはここまで」

そして私は、部室棟へと足を向けた。

「あ、ちょっと！」

保彦が追いかけてくる。構わず足を進める。

やがて、女子テニス部の裏手で、林鈴子と保彦が向き合っているのが見えてきた。

「待ってよ、行かないで！」

そんな鈴子の声を聞きながら、私の保彦が、鈴子たちから見えないように私を駐輪場の方に押し隠す。

「何してるんだ、君は⁉」

焦った顔の保彦の後ろで、鈴子の保彦が「また、未来で」と消えていった。悲劇の別れに酔っている表情の鈴子。馬鹿だね、保彦は他の女のところに行ったのに。

「気づいてないと思った？　全員、騙し通せるって」

「違うんだ、それは」

「順番に選んでいったんでしょ？　そして私が、最後の一人」

「そうじゃない！　君は……」

私の肩を掴み、何かを言おうとして、結局何も言わない保彦。

もう、言い訳も思いつかないんだね。

「……でも、いいの。もう少しだけ……」

ああ、私も感情が高ぶっている。何か言いたい、言ってやりたいのに、何を言えばいいのかわからない。みじめさと、怒りと、優越感と、情けなさと……そんなものが、ごちゃごちゃになっている。

「……いいじゃん、帰んなくても。未来は大変なんでしょ。私も、現実の苦しさ、わかるから。きっと保彦の時代では、戦争とか、すごく良くないことが起こってる。そこから逃げてきたわけじゃないでしょ」

わかってる。保彦はそんな未来から逃げたりせず、このまま帰って、ありのままの未来を受け入れるつもりでいるんだ。だけど。

「そんなの、リライトしようよ！」

受け入れる必要なんて、ない。

「……そんなこと……」

「運命を書き換えるの。私とあなたで」

私は優しく、保彦を抱きしめる。

「好きだよ、保彦」

小説では止んでいた雨が、なぜかいつまでも降り止まない。

○

そして私は小説を書いた。美雪には負けない、圧倒的な物語。

私と美雪以外にも、その気になって小説を書こうとした生徒たちがいた。私はそのすべてをあの手この手でつぶしていった。

あろうことか私にアドバイスを依頼してきた増田亜由美には、お望み通り丁寧なアドバイスをしてあげた。

「人に見せない方がいいと思う。てにをはがまずなってないし、表現も安っぽくて、普段本読んでないのがバレバレ。ストーリーもベタだし、恥かくよ?」

「……どこが、駄目だった?」

「全部」

「全部……」

「え、逆にどの辺がいいと思ったの?」

ネットでこっそり公開された西山晴子の小説には、熱心なコメントをつけてあげた。

〈文章が拙い〉

〈才能ない。描写が意味不明すぎ〉

〈描写が乙女すぎて気持ち悪い〉

〈もう書くな〉

そうやってライバル未満の雑魚どもを蹴落としながら、卒業後すぐ上京して、できた小説を出版社に持ち込んだ。

多岐川という初老の編集者は、私の小説を気に入ってくれたようだった。

「いやぁ、素晴らしかったな、うん。青春ＳＦだけどね、妙に文章に迫力があるんだな、うん。ペーソスがある。ペーソスがあるんだよ」

「ありがとうございます！」

「ただ、もうちょいリーダブルでありたいっていうかね、新文芸のニュアンスがもうちょっとだけほしかったな」

「あの、なんでも言ってください」

プロの編集者の言うことだ。私はすべてのアドバイスを熱心に聞き、執念で小説を直し続けた。その甲斐あってか編集部での覚えもめでたく、ただの素人だった私の小説は、着々と出版へ向けて動いていった。

そして、二〇一九年七月。

十分すぎる改稿を経て、美雪が書く頃を狙って完成させ、一足早く出版した。

ペンネームは高峰文子。保彦と出会うよりも前に、もしも小説家になれたらと夢想して考えたものだ。

出版の直前、美雪の出版社に著者見本を送ることも忘れなかった。その明らかに類似した内容を見れば、『少女は時を翔けた』の出版にはストップがかかるはずだ。

万全の備えの末、私の『エンドレス・サマー』が完成した頃。示し合わせたかのように、茂から、同窓会の知らせが届いた。

二〇一九年　七月二七日　リライト後

同窓会の会場へ向かう途中、地元の本屋で立ち読みをしている美雪を見つけた。

「美雪？」

「……友恵？」

驚いた顔の美雪。あの頃とはずいぶん雰囲気も変わったから当然だろう。でも、すぐに私だと気づいてくれたことは、少しだけ嬉しかった。

そのまま一緒に行くことになって、久しぶりに美雪と話しながら歩く。

美雪はまだ気づいてないんだろうな。私が美雪の物語をリライトしたことを。

「あ、次の新刊っていつ出るの？」

話の流れでさりげなく聞いてみる。一応確認しておかないと。

「ああ……今それが、トラブってて。書いてたやつが出せなくなっちゃって」

「へぇ、大変だね」

笑いそうになるのを必死でこらえていると、美雪が驚くことを言い出した。

「悔しいから、高校の図書室に寄贈してきた」

一番知りたかったことがいきなりその口から出てきて、私は一瞬言葉をなくす。

私が同窓会に来た最大の理由が、これだった。

私の持っている『少女は時を翔けた』の著者見本は、経年と私の書き込みでぼろぼろになってしまった。だけど、私が一〇年後の私から受け取った著者見本は新品だった。

私はどこかで、新品の著者見本を手に入れなければならないのだ。

「すご。そこでしか読めないんだ」

高校の図書室。そこに行けば新品の著者見本が手に入る。それを手に入れて、一〇年前の私に渡すことで、私の円環は完成する。

「うん。世界で一冊だけの本」

妙に満足げな顔で、美雪は一つ頷いた。

○

同窓会の会場で、相変わらず一人で本を読んでいた私に、茂が声をかけてきた。

「友恵、飲めんのか？」

私は本から顔を上げて、茂に向き直る。

「ちょっとなら」

さすがにこの一〇年間で、愛想笑いくらいは身に着けた。それでなくても私は、茂にだけは感謝するべきだと思っている。この同窓会がなければ、著者見本を手に入れるのはもう少し難しくなっていただろう。

「じゃあ一杯ぐらい飲む？　無理にじゃねーけど」

控えめな誘い。思えば茂は昔からこうだった。クラスで孤立している私を輪の中に入れようとするけど、決して無理強いはしない。私が何か嫌な目にあっているときは、さりげなく助けてくれた。

その、お礼というわけじゃないけど。

「……うん」

私は読んでいた本に栞を挟んで、ぱたんと閉じた。

嬉しそうに笑う茂。私もつられて、作り笑いじゃない笑みを浮かべてしまう。

「なに飲む？」

「じゃあ、ワインにしようかな」

「白？　赤？」

「白」

「白な。すいません！」

茂はウェイターさんの元へ私のお酒を取りに行ってくれた。

自分でできるのに、もう。

○

そんな茂から、衝撃的な事実が語られたのは、二次会でのことだった。

カラオケ会場で茂は、美雪を含む四人で隅のテーブルに座り、歌うこともせずに何やらぼそぼそと話し合っていた。気にはなったけど、入っていけるキャラじゃない。

しばらくして、いつもの馬鹿どもが「お前らも歌え」とテーブルに突撃していった。さぁどうなるかと見ていると、その席に座っていた安達が突然カラオケの演奏を停止して、ブーイングに対して「うるせぇ！」と怒鳴った。

これには私も驚いた。安達は完全に馬鹿をやる方の人間だったはずだ。いったい、あのテーブルでは何の話をしているのだろう？

静まり返った室内で、茂はその気まずい空気をフォローすることもなく、話を続ける。

「二周目も保彦は、一周目と同じことをした。偶然を装って正体を明かし、親しくなって……一周目の保彦とぶつからないようにしながら」

「え、保彦って……」

誰かが口をはさむ。だけど茂は止まらない。

「授業中はどうしてもかち合うから、外で過ごした。つまりみんなが教室で見ていたのは、一周目の保彦だ」

「……だから」

「そっけなかったのか……」

美雪と同時に、安達が何かを納得して頷く。美雪はそれにも驚いているようだ。

私にも、茂が何の話をしているのかがわかってきた。

茂は、一〇年前のあの夏、保彦がやっていたことの真相を暴露しているのだ。

でも、どうして茂がそれを知っているんだろう？　最初から聞いておけばよかった。

「だけど二周目も、相手は運命の人じゃなかった。その子は未来で小説を書いていたが、タイトルが違った」

「おい、ちょっと茂」

「保彦はまた七月一日に。三周目に突入。だが三周目もまた、選んだ子は違っていた。何度やってもループから抜け出せない」

茂の口は止まらない。まるでそれを話すのが義務であるかのように。

次の言葉で、私はその理由を理解した。

「そして四周目の七月二日、保彦は俺に相談してきた」

……そうか。

そういうことだったのか！　保彦には、協力者がいた！　それが茂だったんだ！

確かに、何人もの生徒と二〇日間ぶつからないように同時に付き合うなんて、保彦一人では相当難しいはずだ。だけど協力者がいたならずっと楽になるだろう。

それが、茂だったんだ。

私が納得している間にも、茂の話は続いている。茂の厳選した四人目も違っていて、五周目に突入したところだ。

「待って待って……園田くんって、二股だったんじゃ……」

「違う」

「え、結局それ、何人選んだの？」

「俺を除く、このクラスの三三人全員だ」

みんなが一斉に騒ぎ出す。パニックになる人、怒り出す人、泣き出す人。きっとみんな、何も知らなかったんだろうな。いきなりこんなことを知らされたら、取り乱す気持ちもまぁわかる。というか、最初は私もこうなった。

だけど今の私にとってこの告白は、二つの点で喜ぶべきことだった。

一つは、私が最後に回されたのは保彦の意思じゃなかったと知れた点。

もう一つは。

「だけど……だけど！　あいつは面白半分でやったわけじゃない！　一人一人と本気で向き合ったし、必死だったんだ！」

「でも、最後まで正解出せないなんてある⁉」

「あったんだよ！」

叫ぶ茂。私は思わず笑ってしまう。

最後まで正解が出なかったということは、最後の一人が本当の作者だということ。

つまり。

私のリライトは、成功したんだ。

「あったんだからしょうがねえだろ！　それで五人目を選んだけど……」

「もういい！　もうやめてよ！」

「やめないで」

突然喋った私に、みんな驚いて、こっちを見た。

きっとみんな、私がいることなんて気にも留めていなかったんだろう。

ここでやめられては困る。ここからが面白いところなんだから。

「聞かせてよ。話の続き」

私が言うまでもなく、茂は最後まで話すつもりのようだった。

「五人目を選んだあと、すぐまた六周目の保彦が。七周目。八周目。条件はクラスの中の誰か。途中で、男子もあり得ることに気づいた。だけど選んでも選んでも違って、明らかに小説を書きそうにない奴も、やっぱり違った。そして、とうとう、三三周目……」

私の番、というわけだ。

だけど、少し不思議だったのは、どうして茂は私を選ばなかったのかということ。自分で言うのもなんだけど、うちのクラスで小説を書きそうな人間なんて、真っ先に私が思い浮かびそうなものだけど。

……まぁ、そのおかげで、こうやって他の三二人の間抜けな顔が見られてるんだから、やっぱり茂には感謝だな。

「三三人目の保彦が帰った後、次の保彦はもう、来なかった」

その保彦がどうなったのか、私だけが知っている。

「俺は、途方にくれた。明日から三三人の保彦を、クラスの一人一人と過ごさせなきゃいけない。俺は徹夜で計画を練った。保彦同士がかち合わないように。七月三日、小説の主人公が保彦と出会う場面。俺は学校中の三三ヶ所で、それぞれが保彦と出会うように仕向けた。保彦は、同じ出会いを三三回繰り返した」

なんというか、本当に損をする性格だ。茂の努力を思うとさすがに同情してしまう。

最初は自分だけの思い出が踏みにじられたと思って憤慨していたみんなも、茂の話が進むにつれて唖然となっていった。茂がどれだけ苦労したかがわかり始めたのだ。

「じゃあ、夏祭りの夜は……？」

「あの夜は地獄だった。三三組が、狭い神社で花火を見るんだ。交通整理はヤバかった。ちょっとでもズレたら玉突きでバレちまう。全員が無事に花火を見れたときは、俺も思わず泣いちまった」

それは、泣きたくもなるだろう。誰にも労ってもらえず、しかも茂にはなんの得もないのだ。私だったら絶対やりたくない。茂の人のよさには、感心を通り過ぎてもう呆れてしまう思いだった。

「そして七月二一日。旧校舎が崩壊し、全員が未来へ跳んだ」

運命の日。私だけは未来に跳ばなかった。誰もそれを知らない。

「この前、みんなのところに一〇年前の自分が来たはずだ」

みんなが頷いている中、美雪の様子を窺うと、一人だけ戸惑った顔をしている。やっぱり、美雪のところにはまだ一〇年前の自分が来ていないんだ。薬の細工はうまくいったようだった。

「その日の夕方、保彦は別れを告げた。小説通り、全員にハグをして」

頷くみんな。美雪だけは、混乱して自分の唇に触れている。

美雪はキスをした記憶があるんだよね。それ、もう、リライトしちゃった。

「保彦はここで答え合わせをし、三二回の絶望を味わった。小説を書かないと言われたり、書いてもタイトルが違ったり……そして、三三人目でやっと、同じタイトルで小説を書くと言われ、保彦は未来に帰ったんだ」

茂のその言葉が、最後の一葉だった。

三人目、つまり私が言ったタイトルが本物になっている。

やっぱり、リライトは成功したんだ！

ほくそ笑む私とは対照的に、茂は沈痛な面持ちで勢いよく頭を下げた。

「今日まで黙ってて悪かった。人生を変えた奴だっていたと思う。最後の一人が書いた小説が出たら、多分みんな気づく。だから今、みんなに謝りたかった。本当、申し訳ない」

誰も、茂を責めなかった。

それはそうだろう。客観的に見て、茂はなにも悪くない。誰が悪いかと言われたら、それはもう保彦が悪いとしか言えない。

それと、私、か。

私は心の中で、茂に謝罪と感謝を送る。

ごめんね茂。ありがとう。あなたには助けられてばかりだった。

あとは明日、新品の著者見本を手に入れて、最後のタイムリープを終わらせる。

そうして、この円環を閉じてみせるから。

茂の努力を、無駄にはしないからね。

二〇一九年　七月二八日

朝。

一〇年ぶりの高校の廊下を、私は歩いている。

私が卒業生で作家の高峰文子だと知ると、先生はすぐに私を入れてくれて、単独行動まで許可してくれた。田舎の学校のセキュリティ意識なんてこんなものだろう。

もちろん、向かうのは図書室だ。そこで私は最後の鍵を手に入れる。

図書室に入り、カウンターに目をやる。図書委員の美雪と、私はいつもここで話をしていた。数少ない私の青春の思い出だ。

奥へ進み、書架に目を通す。

このどこかにあるはずだけど、そう言えば正確な場所はわからない。国内作家？　郷土作家のコーナーだろうか？　私はそれらしい書架に順番に目を通していく。

「ねえ」

書架の向こうから、私を呼ぶ声がした。

そちらに目を向けて、私は当惑する。

……どうして、あなたがここに？

「探してるのは、これ？」

言いながら、美雪は右手を掲げて近づいてくる。

その手に持っているのは、新品の『少女は時を翔けた』の著者見本だった。

第五章　少女は時を翔けた

二〇一九年　七月二八日　リライト後

私の姿を見て、友恵はふっと笑った。

「騙したんだ」

「それは友恵でしょ」

同窓会に行く直前。

書店で高峰文子の『エンドレス・サマー』を立ち読みしたとき、私はすべてを悟った。

だから、罠を仕掛けた。高峰文子――友恵は、絶対に『少女は時を翔けた』の著者見本を探しに来ると思って。

「あんな文章書けるの、クラスで友恵しかいないもんね」

友恵は何も答えない。

「どうして、こんなことしたの？」

単刀直入に聞く。

観念した、とでも言うのだろうか。それとも勝者の余裕だろうか。

友恵は、すべてを素直に話してくれた。

保彦との出会い。重ねた日々。私と保彦を目撃したこと。一〇年後の自分が会いに来たこと。すべてを知ったこと。そして、リライトのこと。

「つまり私は、保彦に選ばれたんじゃなく、むしろその逆。最後まで選ばれなかった、三人目」

話している間中、友恵はずっと、痛々しく笑っていた。

「……笑わないでよ」

「……みじめだと笑っちゃうの」

私に、友恵を責める資格はないのかもしれない。

だけど、友恵は間違ってる。そう思った。

「あんただけじゃない。全部を呪ってた。復讐してやろうと思った」

「何に？」

「……運命に。すべての物語に」

なんだか私は急に、たまらなく悲しくなってきた。
あの友恵が、そんなことを言うなんて。あんなに物語を愛していた友恵が。
楽しかった。嬉しかった。友恵と物語について話す時間が、大好きだった。
友恵をこうしてしまったのは、私なのだろうか。
「……でも、茂が選んでたとはね」
友恵はそう言って、どこか気の抜けたような表情を見せる。
保彦に選ばれなかったと思っていたことが友恵の原動力だったのだから、そうじゃない
とわかって、気が抜けるのも仕方がないのかもしれない。
だけど私は、そこで初めて、少しだけ友恵に苛立ち（いらだ）を覚えた。
そうだ。一つだけあった。
明確に、私が友恵を責めても許されること。
「気づいてないんだ。茂の気持ち」
友恵の笑みが消える。
どういうこと？　と、勘の悪い目線を向けてくる。
「だから……」
あんなに素敵な小説を書くのに。こんなに情熱的に誰かを想えるのに。

どうして、自分が想われることにだけ、鈍いんだろう。

その理由を想像して、私はまた悲しくなる。

自分が想われていることに素直に気づける、友恵をそんな人間に、私がしてあげられていればよかったのに。

沈黙は、長かった。

「選びたくなかったんだよ、友恵を」

友恵はしばらく私を見つめ、視線を外して考え込み、目を伏せて、何かの影を追うように首を動かし。

そして、ゆっくりと、目を見開いた。

戸惑ったように、その目が泳ぐ。

「……はっ」

口角を上げて、短く笑う。

再び目を伏せ、テーブルにもたれかかり、笑みを消して天井を見上げ、瞼(まぶた)を閉じる。

「……何それ」

一言だけ呟いたその顔は、どこか、懺悔(ざんげ)しているかのようだった。

○

私は、手にした『少女は時を翔けた』の著者見本を、友恵に差し出した。

「綺麗なループじゃん」

友恵も、鞄から一冊の本を取り出して私に差し出す。

それは、一〇年分古びた『少女は時を翔けた』の著者見本。

一〇年前に私が見たのは、こっちだったんだ。

「面白かった」

友恵が笑う。

一〇年ぶりに、この図書室で友恵から、本の感想が聞けた。

私はそれだけで、もう満足してしまった。

「でしょ」

私も笑い返し、二冊の本を交換する。

それを受け取った友恵は、感慨深そうに表紙を見つめて。

「じゃ、行くね」

そう言って、見覚えのあるカプセルを取り出した。

「その薬……」

「調合してもらったの。夫に」

夫……って。

えっと、それはつまり。

「未来を書き換えるって言って、いろいろ研究してる。普段は水道の蛇口とか直してるけど」

「……蛇口」

不意に、とある記憶が蘇る。

水道の使い方がわからず、おそるおそる蛇口に手を伸ばしていた未来人の姿。

「あ、私が美雪の薬に細工したの。もうすぐ一〇年前のあなたがやってくるよ」

こともなげに言って笑う友恵。未来の薬に細工するって、いったいどうやったんだ。さすがは友恵と舌を巻いてしまう。

「……そっか」

それじゃあ、私のループも、やっと終わるんだ。

そして、一〇年前の私にとっては、始まるんだ。

長かった、あの夏の物語が、やっと。

「だから……美雪も過去をリライトできるんじゃない？」

出し抜けに、友恵がそんなことを言った。

「え……どういう意味？」

私が聞いても、あとは自分で考えて、とばかりに、何も答えずに。

べえ、と、いたずらっ子のように舌を出す。

その上には、ラベンダーの香りがする薬。

にやりと笑ってそれを飲み込んで、友恵は私の隣を通り過ぎる。

振り向いたとき、そこにはもう誰もいなかった。

時の円環を閉じるため。一〇年前の自分に『物語』を届けに行くため。

彼女は、時を翔けた。

◯

学校を出ると、近くのフェンスに背中を預けて、章ちゃんが待っていてくれた。

「おぅ」

章ちゃんはそれだけ言って、あとは何も言わない。何も聞かない。

私は笑って、章ちゃんに近づいていく。

そして、二人並んで歩き出す。

やがて、一〇年前に保彦とよく歩いた海辺の道を通りかかった。

ふと、ここで保彦が言っていたことが脳裏に浮かぶ。

因果は必ず、守られなきゃいけない。

「ねぇ章ちゃん」

「ん？」

「過去を変えたら、今ってどうなるのかな」

「何それ。宇宙崩壊？　ははっ」

「だよねー……変えちゃまずいよね」

それはそうだ。過去は変えちゃいけない。それは今への、そして未来への冒瀆(ぼうとく)だ。

私がそう自分に言い聞かせていると、意外にも章ちゃんはこっちを見て。

「や、割といけんじゃね？」

あっけらかんと、そんなことを言ってきた。

「過去も今も、お前のもんだろ」

過去も今も、私のもの……。

立ち止まって、堤防の向こうの海を眺める。
ここで一緒に笑い合った、保彦の笑顔を思い出す。
かつてあった過去。ここにある今。あったかもしれない未来。
リライト。
思い出越しに、私は青い空を見上げる。
もうすぐ、一〇年前の私がやってくる。

二〇一九年　七月——日

あの日見た部屋で、私は、私を待っている。
電子カレンダーの日付は、二〇一九年、七月二一日。
私の手元には『少女は時を翔けた』の著者見本。
友恵の手で書き込みだらけになった、一〇年分古くなった本。
なんとはなしにページをめくっていると、部屋の中に風が吹き、風鈴がちりんと鳴る。
ふすまの開く音。

おそるおそる入ってくる、高校の制服を着た、一〇年前の私。

私はその背中に、優しく声をかけた。

「大丈夫」

私が振り向く。

「保彦は無事なの。高台にいるから」

戸惑っている様子の私。安心させてあげたいけど、時間がない。

「それと……」

著者見本を握りしめて、私は考える。

もしも今、この本を私にあげてしまったら、どうなるだろう。

私はこの本を持ったまま、一〇年前に帰る。そこで友恵の書き込みだらけの本を読んで、
友恵がやろうとしていることに気づく。

そうすれば、私にもリライトができる。

保彦との未来が、手に入る。

どうしよう。

私は――

○

階下に降りると、お母さんが、完成したお手製のジャムを瓶に詰めていた。

手元からは目を離さないまま、お母さんは私に聞いてくる。

「ねぇ、上で何やってたの？」

「ううん」

私がそれだけ答えると、お母さんはそれ以上何も聞かずに、ジャムの瓶詰め作業に戻る。

それを横目で見ながら私は冷蔵庫を開けて、麦茶を一杯コップに注ぐ。

「ねぇ、ジャム持って帰る？」

「お母さん」

「ん〜？」

「小説、ダメになっちゃったよ」

「あらそう」

作業する手を止めて、お母さんの目が私を見る。

「大丈夫よ。あんたはなんでも書けるんだから。どーんといきなさい」

この優しい瞳に、私は育てられてきた。

「……うっす」

「うっす」

お母さんが、私の真似をする。

よし。

私もお母さんの真似をして、どーんと、生きるか。

私はコップの麦茶を一気に飲み干す。

それは、とても懐かしい味がした。

エピローグ

書店の店頭で、私は友恵の『エンドレス・サマー』を立ち読みしている。

似ているけど、少しずつ違う。

未来人の転校生がくれた、ひとつひとつ本気の物語。

「風鈴、買ってないんだ……」

そんな小さな違いが、あの夏がただの繰り返しなんかじゃなかったんだと思わせてくれて、少し嬉しくなる。

三三回の物語。茂を含めれば、三四回。

きっとそのどれ一つを取ったって、同じものなんてない。

それは三三通りの、秘密の夏のオムニバス。

そのとき、作業服の人が私の隣を通って、書店に入っていった。

「すみません、『エンドレス・サマー』ありますか？」

お、友恵の本を探してる。

なんとなく、どんな人か気になって、店内に目をやる。

視線を感じたのか、その人は振り向いて、私と目が合った。

一瞬。

心臓が、止まるかと思った。

そこにいたのが、保彦のように見えたからだ。

だけど、そんなわけはなかった。

もしかしたら、あの夏が最後に見せた、蜃気楼（しんきろう）のようなものかもしれない。

私と保彦の、あり得たかもしれない未来。

私が選ばなかった、リライト後の物語。

どこかで、風鈴の鳴る音がする。

「……行こっか」

私は本を置き、隣にいる愛する夫に微笑みかけた。

「行く？」

「うん」

「よし、帰ろう」

「帰ろう」

東京へ。私の今へ。

私と章ちゃんの、未来へ。

◯

船が来るまではまだ時間がある。こういう時間は有効活用すべきだ。私はノートを取り出して、新作のアイデアを書き留める。

私の横では章ちゃんが、友恵の『エンドレス・サマー』を読んでいる。立ち読みばかりでは悪いので、一冊買ってきた。

「なにこれ、マジでそっくりじゃん。え？　意味わかんないんだけど」

「ま、そういうこともあるんじゃない」

「ないだろ」

章ちゃんの突っ込み。それはそう。いくらなんでも、偶然でここまで似ることとなんてあり得ない。だけど私は、あくまでも「そういうこともある」で貫くつもりだ。

「……俺は、でも、美雪の書いたやつのが好きだけどな」

面白い、ではなく、好き。

実に章ちゃんらしい誠実さだ。嬉しくなってにこにこしてしまう。

「ありがと」

私の書いた『少女は時を翔けた』は、駄目になってしまった。

私はリライトを選ばなかった。思い出は思い出のままに、とか、過去よりも今を、とか、綺麗な理由を並べ立てることもできる。だけど、一番の理由は違う。

私は、友恵が一つ勘違いをしているんじゃないか、と思ったからだ。

保彦の運命の相手は私で、保彦は私の書いた『少女は時を翔けた』を読んでこの時代に来て私に出会い、その運命を友恵がリライトした……友恵はそう思っているはずだ。私も最初はそう思っていた。

でも今は、もしかしたら違うんじゃないか、と思っている。

保彦の運命の相手は、最初から友恵だったんじゃないだろうか？

保彦は、友恵の書いた『エンドレス・サマー』を読んで、この時代に来たのでは？でないと、辻褄(つじつま)が合わないのだ。

あのあと、私はどうしても気になって、私が何周目だったのかを茂から聞き出した。それによると、私は四周目だったらしい。

じゃあ、もしも私が本当の作者だとしたら？

保彦のループは、四周目で終わっているはずじゃないのか？

にもかかわらず、ループは三周目の友恵まで続いた。

それはつまり、最初から友恵が本当の作者だったということなのでは？

そして……他でもない私こそが、気づかないうちに、友恵の物語をリライトしてしまっていたんじゃないだろうか。

友恵はそれを、リライトし直しただけ。つまり、私が歪めてしまった物語を正しく元に戻しただけ。そう考えると、私の中では辻褄が合ってしまうのだ。

……だけどこれも、根拠のない推測に過ぎない。

タイムリープとか、パラドックスとか、所詮私がすべてを解き明かすことなんて無理な話だ。もしかしたら、友恵がリライトしたことで因果の流れが狂ってしまっただけなのかもしれない。

すべては私の勝手な妄想。私の作り話。

そういうものは、小説にしてしまうに限る。

だって私は、作家なのだから。

「けど、こいつのもちゃんと面白(おもしれ)えな。くっそ」

『エンドレス・サマー』を読みながら、章ちゃんが零(こぼ)す。そりゃそうよ、友恵の書くものが面白くないわけがない。

だけど、私の次回作だって、きっとそれに負けないくらいに面白いものになる。

私はアイデアを書き留めていたノートを閉じる。

表紙には、『リライト』の文字。

「でさ」

章ちゃんが、本から目を上げて私を見ていた。

「もっぺん、聞くだけ聞くけど……」

やっぱり納得いかない、とでも言いたげに、章ちゃんはその疑問を口にする。

「フィクションだよな？」

半信半疑の章ちゃんの表情。

さて、どう答えようか、少し悩んで。

私は、

この作品はフィクションです。実在の人物、団体とは関係ありません。

本書は、書き下ろし作品です。

君を愛したひとりの僕へ

乙野四方字

人々が少しだけ違う並行世界間で日常的に揺れ動いていることが実証された時代——両親の離婚を経て父親と暮らす日高暦は、父の勤める虚質科学研究所で佐藤栞という少女に出会う。たがいにほのかな恋心を抱くふたりだったが、親同士の再婚話がすべてを一変させた。もう結ばれないと思い込んだ暦と栞は、兄妹にならない世界へと跳ぼうとするが……『僕が愛したすべての君へ』と同時刊行

ハヤカワ文庫

僕が君の名前を呼ぶから

乙野四方字

人々が並行世界間で日常的に揺れ動いていることが実証された時代。虚質科学を研究する母と専業主夫の父と暮らす今留栞は、中学二年の夏休みに訪れた元病院の敷地内で、内海進矢という青年と出会う。彼は鬼隠しに遭って姿を消した少年について調べているというのだが……別の並行世界を生きた、もう一人の栞の物語。『僕が愛したすべての君へ』『君を愛したひとりの僕へ』のスピンオフ長篇。

ハヤカワ文庫

野﨑まど

超情報化対策として、人造の脳葉〈電子葉〉の移植が義務化された二〇八一年の日本・京都。情報庁で働く官僚の御野・連レルは、あるコードの中に恩師であり稀代の研究者、道終・常イチが残した暗号を発見する。その啓示に誘われた先で待っていたのは、一人の少女だった。道終の真意もわからぬまま、御野はすべてを知るため彼女と行動をともにする。それは世界が変わる四日間の始まりだった。

ハヤカワ文庫

エンドロール

鏑木 蓮

映画監督になる夢破れ、故郷を飛び出した青年・門川は、アパート管理のバイトをしていた。ある日、住人の独居老人・帯屋が亡くなっているのを見つけ、遺品の8ミリフィルムを発見する。帯屋は腕のいい映写技師だったという。門川は老人の人生をドキュメントにしようとその軌跡を辿り、孤独にみえた老人の波瀾の人生を知ることに……人生讃歌の感動作（『しらない町』改題）。解説／田口幹人

ハヤカワ文庫

未必のマクベス

IT企業Jプロトコルの中井優一は、バンコクでの商談を成功させた帰国の途上澳門(マカオ)の娼婦から予言めいた言葉を告げられる――「あなたは、王として旅を続けなくてはならない」。やがて香港法人の代表取締役となった優一を、底知れぬ陥穽が待ち受けていた。異色の犯罪小説にして痛切なる恋愛小説。解説／北上次郎

ハヤカワ文庫

死刑にいたる病

櫛木理宇

死刑にいたる病
櫛木理宇
RIU KUSHIKI
早川書房

鬱屈した日々を送る大学生、筧井雅也（かけいまさや）に稀代の連続殺人鬼・榛村大和（はいむらやまと）から一通の手紙が届く。「罪は認めるが、最後の一件だけは冤罪だ。それを証明してくれないか？」自分のよき理解者であった大和に頼まれ、事件の再調査を始めた雅也が辿りついた残酷な真実とは――『チェインドッグ』改題文庫化。解説／千街晶之

ハヤカワ文庫

著者略歴　1981年大分県生，作家　『ミニッツ　〜一分間の絶対時間〜』で、第18回電撃小説大賞選考委員奨励賞受賞。他の著書に『僕が愛したすべての君へ』『君を愛したひとりの僕へ』『僕が君の名前を呼ぶから』『正解するマド』（以上早川書房刊）など。

HM=Hayakawa Mystery
SF=Science Fiction
JA=Japanese Author
NV=Novel
NF=Nonfiction
FT=Fantasy

リライト
〔映画ノベライズ〕

〈JA1592〉

二〇二五年四月　二十日　印刷
二〇二五年四月二十五日　発行
（定価はカバーに表示してあります）

著　者　乙野四方字
原　作　法条遥
脚　本　上田誠
発行者　早川浩
発行所　株式会社　早川書房
郵便番号　一〇一 - 〇〇四六
東京都千代田区神田多町二ノ二
電話　〇三 - 三二五二 - 三一一一
振替　〇〇一六〇 - 三 - 四七七九九
https://www.hayakawa-online.co.jp

乱丁・落丁本は小社制作部宛お送り下さい。
送料小社負担にてお取りかえいたします。

印刷・中央精版印刷株式会社　製本・株式会社フォーネット社

Printed and bound in Japan
ISBN978-4-15-031592-4 C0193

本書は活字が大きく読みやすい〈トールサイズ〉です。